春川 춘천 화첩기행

2016년 10월 9일 발행

지은이 권혁진 허남욱
기획 신대수 김준철

펴낸이 원미경
펴낸곳 도서출판 산책

등록 1993년 5월 1일 춘천80호
주소 강원도 춘천시 우두강둑길 23
전화 (033)254_8912
이메일 book4119@hanmail.net

ISBN 978-89-7864-049-7

이 책은 춘천시문화재단의 문화예술진흥기금 지원으로 제작되었습니다.

춘천 화첩기행

춘천 화첩기행을 발간하며

한시는 주변의 사물 묘사를 통하여 시인의 감정과 사상을 드러냅니다. 이는 마치 화가가 화폭 위에 사물을 그리면서 그 속에 자신의 마음을 표현하는 것과 같습니다. 홍운탁월법(烘雲托月法)이란 것이 있습니다. 달을 그리기 위해 화가는 달만 남겨 둔 채 나머지 부분을 채색하는 것을 말합니다. 이것을 드러내기 위해 저것을 감추는 방법입니다. 한시에서 시인이 말하는 법도 이와 같습니다. 나타내려는 본질을 감춰 두거나 비워 둠으로써 오히려 더 적극적으로 그 본질을 설명할 수 있습니다.

예로부터 한시와 그림은 그 뿌리가 서로 다르지 않다고 인식하였습니다. 사람들은 그림 같은 영상이 담긴 시를 높이 평가하였고, 그림 가운데 시적 정취가 느껴지는 작품을 걸작이라 평하였습니다. 이와 같은 시와 그림의 상보적 관계를 '시중유화(詩中有畵)' '화중유시(畵中有詩)'라고 하였습니다. 송나라의 시인 소식이 왕유의 시와 그림을 평가하면서 시 속에는 그림이 들어 있고, 그림 속에는 시가 들어 있다는 사실을 지적한 것에서 유래했습니다. 후대에는 경관 묘사가 빼어난 시와 시정이 풍부한 그림을 칭송하는 의미로 사용되었습니다. 결국 언어를 표현수단으로 하는 시와, 회화적 요소를 표현수단으로 하는 그림은 서로 배척하기 어려운 예술양식으로서 상보적 기능이 있음을 지적한 말입니다. 그래서 시는 유성화(有聲畵), 곧 소리 있는 그림이고, 그림은 무성시(無聲詩), 곧 소리 없는 그림이라고 일컫기도 하였습니다.

지금 그림이 한시를, 한시가 그림을 품는 이유는 상보적인 관계를 다시 복원해서 그림과 한시를 더 풍부하게하기 위해서입니다. 그동안 춘천의 자연을 읊은 한시를 『춘천의 문자향』을 통해 살폈는데, 그림으로 재해석했습니다. 조선시대의 유명한 시인들이 노래한 춘천 지역 명소를 이 지역 화가들이 그리고, 지역에 얽힌 스토리텔링을 옛 선인들의 한시와 함께 엮어가는 화첩기행은 기존의 스토리텔링과 차별화된다고 생각합니다. 이와 같은 작업이 관광객에게는 춘천을 알리는 관광자원으로, 시민에게는 지역에 대한 문화적 자긍심을 높이는 자료가 될 것입니다. 아울러 강원민족미술인협회와 강원한문고전연구소, 그리고 강원대학교 한문교육과가 함께 한 이 작업이 춘천의 문화, 나아가 강원도의 문화를 풍성하게 만들길 기대합니다.

(사)민족미술인협회 강원지회 회장 길종갑

강원한문고전연구소 소장 권혁진

강원대학교 한문교육과 교수 허남욱

CONTENTS

제4부

시가 흐르는 홍천강

제5부

치악산을 찾아서

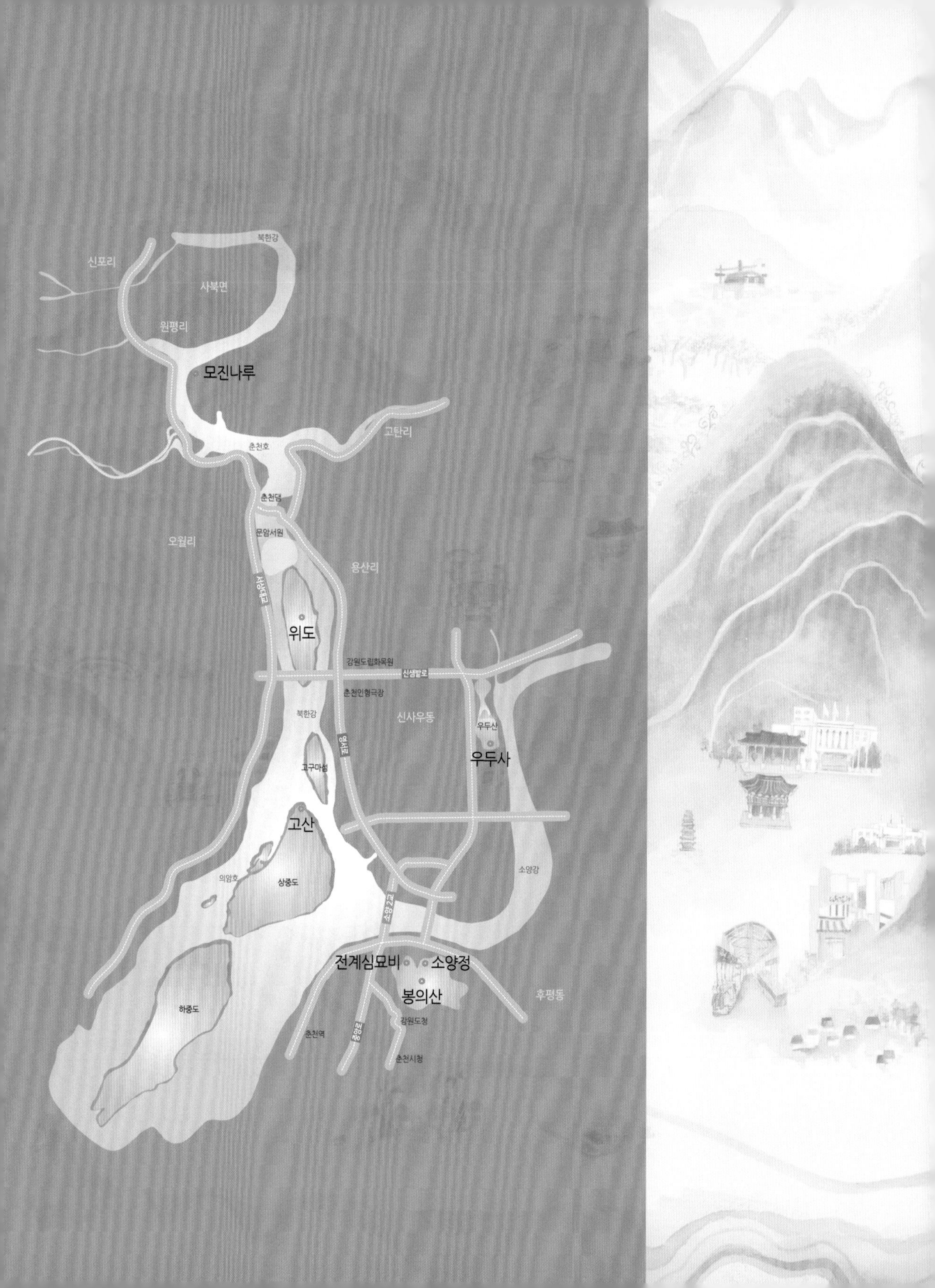
북한강
신포리
사북면
원평리
모진나루
고탄리
춘천호
춘천댐
문암서원
오월리
용산리
서상대교
위도
강원도립화목원
신샘밭로
춘천인형극장
북한강
신사우동
우두산
영서로
우두사
고구마섬
고산
의암호
상중도
소양강
소양2교
전계심묘비
소양정
봉의산
후평동
하중도
강원도청
춘천역
중앙로
춘천시청

춘천의 진산 봉의산
봉의산 춘천을 품다

봉의산

옛사람들은 춘천의 산수를 어떻게 바라봤을까. 동쪽에서 대룡산 줄기가 오다가 봉황이 춤을 추는 것처럼 솟아오른 것을 봉의산(鳳儀山)이라 하였다. 봉의산은 봉산(鳳山)으로도 불렀으며 진산(鎭山)으로 파악했다. 남쪽으로는 향로봉이 멀리 물러나 두 손을 모아 허리 굽혀 절을 하는 것으로 보고, 안산(案山)으로 보았다. 풍수설에서 집터 맞은편에 있는 나지막한 산이 안산(案山)이다. 봉의산에서 봤을 때 좌우의 산은 펼쳐져 나가고 강물은 돌아들며 감싸 안고 있는데, 물이 빠져나가는 곳에 문암(門巖)이 우뚝 솟아 기운이 누설되지 않도록 하여 짜임새를 갖추었다. 그래서 땅의 형세를 보는 사람들은 모두 춘천을 '큰 땅[大地]'이라고 하였다.

『춘주지』는 봉의산에 대해 더 자세하게 알려준다. 봉의산에 올라 주변을 그린 듯 생생하다.

> (봉의산은) 부의 북쪽 1리에 있다. 꼭대기에 올라가 바라보면, 신선이 되어 오르는 것처럼 날아갈 듯하고, 앞이 탁 트여 막힘이 없다. 주위는 모두 너른 들판이고, 들판 바깥으로 화악산(華岳山)·독산(禿山)·경운산(慶雲山)·대룡산(大龍山)·전방산(箭防山)·향로산(香爐山)·삼악산(三岳山)이 모두 눈 아래에 있다. 상투처럼 줄짓고 병풍처럼 길게 이어지면서 둘러싼다. 어떤 산은 높고 어떤 산은 낮은데 각기 뛰어나다. 두 강 중 동쪽 (인제의) 기린으로부터 흘러오는 것은 소양강이고, 서쪽 회양으로부터 흘러오는 것은 장양강(長楊江)이다. 못이 되었다가 여울을 이루기도 하며, 구비치고 휘돌다가 봉황대 아래에서 합해진다. 사방으로 눈길이 닿는 수십 리에 농사짓는 땅이 들판에 두루 펼쳐지고 마을들이 서로 바라보니, 고을의 뛰어난 경관이 모두 봉의산에 모였다.

독산(禿山)은 화악산 산줄기 중의 하나를 가리키는 것으로 보인다. 전방산(箭防山)은 대룡산과 향로산을 잇는다는 기록을 따른다면 금병산(錦屛山)이다. 장양강(長楊江)은 화천에서 흘러오는 모진강 하류로서, 소양강과 만나기 이전까지를 가리킨다. 대개는 모진강과 신연강이 이어지는 것으로 나오지만, 그 사이에 장양강을 따로 부르기도 하였다. 봉황대는 삼천동 의암호 옆에 있는 산을 가리킨다. 춘천을 보호하고 있는 산과, 그 사이를 흐르는 강, 그리고 그 가운데 펼쳐진 들판이 한 눈에 들어오는 곳. 활짝 핀 꽃과 같은 춘천을 감상할 수 있는 곳이 봉의산이다.

봉의산 100x70cm

김도수(金道洙, 1699-1733)는 「봉의산에 올라」란 시를 남긴다.

봉의산에 올라 보니 세상은 큰데 登臨天地大
떠돌이 신세라 도리어 근심이 생기네 漫浪却生愁
넓은 들판에 새 한 마리 날아가고 野曠一飛鳥
단풍나무 깊은 곳에 정자가 있으며 楓深更有樓
오리 떠있는 물엔 석양 빛 출렁거리고 鴨頭盪落日
우두산 뒤론 외로운 가을 풍경 펼쳐졌구나 牛背橫孤秋
저 멀리 은하수를 자세히 보니 極目仙河水
별에 있는 배도 자유스럽지 못하네 星槎不自由

지금도 그렇지만 예전에도 우두벌이 넓게 펼쳐져 있고, 산 아래로 강이 휘감아 돌아간다. 달라진 것은 강은 막혀 호수가 되었고, 우두벌엔 아파트가 점점 들어선다는 것이다.

삼악산에서 춘천을 바라보는 다산 60.5x50cm

소양강

『춘주지』는 소양강에 대해 이렇게 설명한다. "부의 북쪽 6리에 있다. 한쪽의 물의 근원은 서화현에서 나온다. 한 쪽의 물의 근원은 미수파(尾首坡; 미시령) 밑에서 나오는데 한계산(漢溪山)에 있는 절 뒤편의 물과 인제 삼기리(三岐里)의 산 아래에서 합쳐진다. 또 한쪽의 물의 근원은 오대산의 북대(北臺) 아래에서 나오는데 설악산의 남쪽 산록의 물과 합쳐져 기린현이 되었다. 또한, 인제 원통역 앞에서 합쳐져 양구현 남쪽으로 흘러 내려가 초사리탄이 된다. 또 부의 경계에 이르러 청연탄, 주연탄, 적암탄이 되고 소양강진이 된다."고 기록하고 있다

김시습은 봄날 산에서 나와 옛 친구를 찾아 서울로 가다가 좋은 경치를 기록한다. 아마도 청평사 세향원에 거주하다가 서울 가는 길에 소양강가에서 지은 것 같다.

안개 낀 나루터 어둑한 석양 속 물결 일고 渡頭煙暝夕陽波
조그만 배에서 뱃노래 소리 들려오는데 一葉扁舟一棹歌
물새는 세상의 변화에 아랑곳없이 鷗鷺不管人世變
위쪽 물굽이 여울로 짝지어 지나가네 雙雙飛過上灣渦

바야흐로 저녁이다. 나루터에도 어둠이 내리기 시작한다. 서울을 향해 발길을 시작했으나 그는 아직 배를 타지 못한 상태다. 뱃노래가 들려온다는 것은 나그네를 건네주기 위해 배가 서서히 다가온다는 의미일 것이다. 기대감으로 약간 흥분된 상태. 걱정 반 기대 반. 친구는 이 험한 세상에 잘 살고 있을까.

잠깐 사이에 수만 가지 생각이 스쳐 간다. 눈을 잠시 옆으로 돌렸다. 걱정과 기대로 뒤범벅된 심리 상태를 비웃듯 물새는 무심히 물굽이 여울로 짝지어 지나간다. 세상에 얽매여 있는 나와 무심한 새, 하룻밤 잘 곳에 걱정하는 나와 저물녘에 집으로 돌아가는 새, 혼자인 매월당과 짝지어 날아가는 새. 다시 머물던 곳으로 돌아가고 싶었을 것이다. 그러나 매월당의 시를 보면 서울로 향한 여정은 계속된다.

소양정에서 바라본 풍경 150x100cm

소양정 1

소양정은 언제 처음 세워졌을까? 엄황(嚴愰, 1580~1653)이 편찬한 『춘주지』는 "(소양정은) 민간에 전하기를 삼한시대(三韓時代)에 창건하였다고 하는데, 천년의 옛 모습이 완연하다."라고 알려준다. 이 기록 때문에 소양정은 삼한시대에 세워졌다고 알려져 왔다.

소양정 이름을 세상에 널리 알린 사람 중 한 사람은 김시습(金時習, 1435~1493)이다. 그는 화천 사창리에서 머물다가 1483년에 춘천을 찾는다. 그리고 훗날에 유명세를 타게 된 「소양정에 올라[登昭陽亭]」를 남긴다.

새 저편 하늘 다할 듯한데 鳥外天將盡
시름 곁 한(恨)은 끝나질 않네 愁邊恨不休
산은 첩첩 북쪽에서 굽어오고 山多從北轉
강은 절로 서쪽으로 흐르며 江自向西流
기러기 내리는 물가 멀고 雁下汀洲遠
배 돌아오는 언덕 그윽하구나 舟回古岸幽
언제나 세상의 그물 떨쳐버리고 何時抛世網
흥이 나서 이곳에 다시 노닐까 乘興此重遊

김시습은 다섯 살에 세종의 총애를 받아 오세동자(五歲童子)라 일컬어진 천재다. 그러나 거칠 것이 없어 보이던 그의 앞길에 구름이 드리운다. 삼각산에서 공부하던 21세에, 수양대군이 단종을 몰아내고 권력을 잡았다는 소식을 듣자마자 그 길로 삭발하고 방랑의 길을 떠난다. 그는 현실과 이상 사이의 갈등 속에서 안주하지 못한 채 일생을 보낸 것으로 평가받기도 하고, 비록 유학자로서 입신양명하지는 못하였으나 불승(佛僧)으로서, 혹은 도인으로서 누구보다도 자유로운 정신세계를 노닐다 간 경계 바깥의 방랑자로 인식되기도 한다.

소양 8경 60x180cm

춘천에 온 김시습은 소양정에 올라 시를 짓는다. 김시습의 시선은 하늘에서 땅으로, 먼 곳에서 가까운 곳으로 점점 이동한다. 잠시 하늘을 쳐다보던 그의 눈은, 하늘과 접하고 있는 산을 응시한다. 춘천을 에워싸고 있는 산들은 한 두 겹이 아니다. 산들은 마치 꾸물꾸물 거리며 소양정을 향해 오는 듯하다. 산과 산 틈새로 소양강은 유유히 서쪽으로 흘러간다. 조금 더 자세히 보니 강가의 모래가 보이고, 그 위로 날개를 퍼덕이며 낙하하는 새가 보인다. 아마도 강 건너 모래톱일 것이다. 조금 더 자세히 보니 소양정이 기대고 있는 강 언덕이 보인다. 마침 소양정 밑 나루터로 배가 돌아오는 중이다. 먼 곳 하늘에서 출발한 화면은 가까운 곳 소양정으로 집약되면서 응축된다. 그만큼 감정의 농도가 짙어진다.

소양팔경은 소양정에서 바라보이는 여덟 풍경을 말한다. 봉의귀운(鳳儀歸雲)은 봉의산에 머물러 있는 구름을 의미한다. 호암송풍(虎岩松風)은 호암(虎巖)에 부는 솔바람이다. 호암(虎岩)은 소양정 아래 호랑이 모양의 바위를 말하는데, 지금은 사라져버렸다. 화악청람(華岳淸嵐)은 화악산의 푸른 기운이다. 월곡조무(月谷朝霧)는 월곡리의 아침 안개이다. 월곡리는 동면 옥광산 일대를 가리킨다. 고산낙조(孤山落照)는 상중도 북쪽에 있는 고산의 저녁노을을 말한다. 우야모연(牛野暮煙)은 우두 들녘의 저녁 연기를 말한다. 매강어적(梅江漁笛)은 매강 어부들의 피리소리를 말한다. 매강은 신매리 앞을 흐르는 강을 말한다. 노주귀범(鷺洲歸帆)은 노주를 돌아드는 돛단배를 말한다.

소양정 2

1635년, 김상헌(金尙憲, 1570~1652)은 청평산을 유람하고 「청평록」을 남겼다. 그는 소양정에 올라 조선에서 뛰어나다고 입에 오르내리는 누정을 하나하나 품평한다. 평양의 대동강변에 위치하여 경치 좋기로 유명한 연광정, 옛 안주성 장대(將臺) 터에 세워 청천강의 자연경치와 잘 어울리는 건물로서 이름난 백상루, 비류강변 절경에 위치한 강선루, 함경도 함흥 성천강 가에 있는 낙민정, 여주읍 창리에 있던 청심루. 여러 정자들의 아름다움과 옥에 티를 평한다. 김상헌의 심미안을 통해 본 소양정은 '맑고 편안하며 그윽하고 아득한[淸晏幽迥]' 아름다움이다. 김상헌의 미적 기준을 만족시키는 것은 소양정이었고, 그래서 그는 소양정을 다른 정자들보다 앞자리에 놓고, 꿈결에서 노니는 듯[神遊夢想]하다고 결론지었다.

삼월 달에 소양강가에 있는 정자 오르니 三月昭陽江上樓
정자 앞의 뛰어난 경치 참으로 노닐만하네 樓前形勝最堪遊
아스라한 벌판과 높은 하늘 등왕각과 흡사하고 地迥天高擬滕閣
맑은 물가와 흰 모래 기주와도 비슷한데 渚清沙白似夔州
살구꽃은 이미 지고 복사꽃도 져 가는데 杏花已落桃花老
왕손께선 아니 오셔 봄풀들은 시름하니 王孫未歸芳草愁
술 취하여 기둥 기대 휘파람을 길게 불자 酒酣倚柱發長嘯
서산에 지는 해는 우두산을 비추네 西山落日射牛頭

등왕각은 중국 강서성 남창현의 강가에 있는 정자다. 왕발(王勃)의 등왕각서((滕王閣序)로 더욱 유명해졌다. 기주(夔州)는 중국 강서성에 있는 운양 · 무산 등의 지역으로 경치가 뛰어난 곳이다. 김상헌의 눈에 소양정은 등왕각이다. 소양정에서 눈을 들어 멀리 보니 앞에 펼쳐진 우두벌은 아스라이 펼쳐진다. 내려 보니 소양나루 건너편으로 흰모래가 넓게 펼쳐졌다. 마침 꽃이 피고 지는 봄날이다.

김상헌은 병자호란이 일어나자 인조를 따라 남한산성에 들어갔다. 5일 만에 항복하는 쪽으로 의견이 기울었으나, 그는 최후까지 싸울 것을 주장한다. 마침내 삼전도에서 인조가 무릎을 꿇으니, 그는 항복문서를 통곡하며 찢어 버리기도 하였다. 1639년 청나라가 명나라를 공격하기 위해 요구한 출병에 반대하는 소를 올렸다가 청나라에 압송되기에 이른다. 이러한 상황을 예감했을까? 경련(頸聯)과 미련(尾聯)을 읽을수록 가슴이 저며 온다.

소양정에서 노닐다 55x79cm

전계심

송병선(宋秉璿, 1836~1905)의 『연재선생문집(淵齋先生文集)』에 실려 있는 「동유기(東遊記)」에 이런 대목이 등장한다. "길옆에 관기 계심(桂心)의 순절비(殉節碑)가 있다. 소양강 가에 이르러 소양정에 올랐다." 이뿐만 아니라 『강원도지』는 '절기계심비(節妓桂心碑)' 항목에 "소양통(昭陽通) 묘 앞에 있으며, 판서 박종정(朴宗正)이 지었다."고 설명한다. 『수춘지』는 '절기전계심비(節妓全桂心碑)' 항목에 "소양로 묘지 앞에 있었는데, 시의 구획이 개정됨에 따라 삼천리 선산으로 옮겨 세웠다. 참판 박종정(朴宗正)이 명(銘)을 지었다."고 적어 놓았다.

비석을 자세히 보니 '춘기계심순절지분(春妓桂心殉節之墳)'이라고 적혀있다. 비석 윗부분은 시멘트로 보수되어 있고, 총탄의 흔적도 보인다. 비석 뒤를 보니 단아한 해서체로 명(銘)이 새겨져 있다. 박종정(朴宗正)이 지었고, 류상륜(柳尙綸) 썼으며, 김처인(金處仁)이 총감독을 했다.

절개 있는 기생으로 성은 전(全)이요 이름은 계심(桂心)인데,
어려서 어머니가 천한 신분이어서 교방(敎坊)에 적을 두었네.
단출하고 바른 자태와 그윽하고 고요한 성품을 지녔으며,
몸가짐은 안방에서 거처하는 것과 다르지 않았네.
열일곱에 고을 관청의 관리 집안으로 시집가서,
아들에게 허락하고 마음을 바꾸지 않았네.
분단장한 여인들 속에서 겸손하게 스스로 지키며,
다른 사람에게 교태와 웃음 바치는 것 배우지 않았지.
누구의 부탁으로 궁궐 관아로 옮기게 되니,

전계심 30x21cm

혼례복 챙겨서 한양으로 갔네.
서울에는 비뚤어진 마음 가진 악한들 많아,
이슬 젖은 길에 포악한 사람 만날 걸 생각했네.
치마엔 호신용 칼 차고 주머니엔 약 넣어,
기러기 털 처럼 가볍게 죽으리라 다짐했네.
이별할 때 은근히 하늘에 맡겼으나,
계심의 마음은 오히려 쇠처럼 굳고 단단했네.
배 안의 태아 누(累)가 되어도,
차마 내 손으로 베어 떼어 낼 수 있으랴.
옷 더럽히고 몸 망가뜨려 스스로 더러워지니,
한 번 죽기를 각오하자 마음은 더욱 굳어지네.
달 밝고 인적 고요한 백중날 밤에,
조용히 사탕 먹듯 독약 마시니,
옆 사람 놀라 구했지만 이미 늦어,
숨 넘어 가려하자 겨우 목소리를 들으니,
가체머리 팔아 관 준비하고 뒷일 부탁하며,
살갗 드러나지 않게 염습하고 안치를 잘해 달라 하네.
세 차례 온 집안의 편지 허리춤에 매어 달라 하면서,
이것저것 부탁하는 사별의 말 그 울음 슬프구나.
남편이 끌어안고 무덤으로 돌아오니,
죽은 영혼 사라지기 어려워 꿈속에서도 감동시키네.
옥이 깨지고 구슬 물에 빠져 푸르러졌어도,
절의(節義)로써 떳떳이 지켜내니 가을 서리보다 매섭구나.
순찰사 이공(李公)께서 그 일을 듣고,
금수(錦水)의 경랑(瓊娘) 위해 두 깃발 날리며 와,
급이 돌 다듬고 홍살문으로 바꾸라 하시고,
공사 비용 관아에서 지출하게 하셨으며.
새로 부임한 부사 또 녹봉 내시어,
묘 앞에 석 자 남짓 묘비 세웠네.
춘천에 매여 전기 쓰는 나그네,
속 뜻을 주워 모아 이 비명 짓누나.

고산 1

고산(孤山)은 상류의 고을에서 떠 내려와 부래산(浮來山)이라고도 하지만, 고산대(孤山臺)라고도 한다. 『수춘지』에는 '봉추대(鳳雛臺)'라 적고 있는데, 봉의산과 봉황대에 비해 규모가 작기 때문에 '봉황의 새끼'라는 이름이 붙은 것 같다. 고산은 중도 북쪽 끝에 있는데, 『춘주지』는 고산을 이렇게 기록한다. "고산대는 부의 서북쪽 10리에 큰 들판 가운데 강 언덕 위에 있다. 바위 봉우리가 우뚝하며 텅 빈 위에 십여 명이 앉을 수 있다. 눈 아래로 넓은 들녘이 30리 두루 둘러싸고 있는데, 소양강, 장양강, 문암, 우두산, 봉의산, 봉황대, 백로주가 한 눈에 들어온다."

강 가운데 외롭게 홀로 우뚝 서 있는 고산은 시인들의 좋은 소재가 되었다. 매월당 김시습은 고산을 이렇게 노래한다.

안개 낀 고산 물결에 조각배 띄우니 孤山煙浪泛扁舟

가파른 층층 절벽 나의 시름 씻어주네 峭壁層崖蕩客愁

고깃배 피리소리 바람 타고 필릴리 漁笛帶風聲嫋嫋

강물에 해 잠기니 그림자 뉘엿뉘엿 江波涵日影悠悠

미끼 문 물고기 낚싯줄에 나오고 錦鱗因餌牽絲出

물결 따라 청둥오리 제멋대로 노니네 彩鴨隨波得意浮

이곳에서 세상 명리(名利) 모두 버리고 從此盡抛名利事

물가에 앉아 달빛 아래 낚시 즐기네 一竿明月占波頭

김시습의 발길이 고산에 이르렀다. 고산을 향해 노를 저으니, 우뚝 선 바위 벼랑이 안개 속에서 나타난다. 기묘한 절경은 시름 속에 방랑하던 김시습의 근심을 깨끗이 사라지게 만든다. 맑아진 그의 감각이 예민하게 작동한다. 귀로는 고기잡이배에서 부는 피리 소리가 들리고, 눈앞으로 낙조가 펼쳐진다. 석양은 우울함으로 진행되는 경우가 허다하지만, 김시습에겐 아름다운 붉은색이다. 피리소리는 애절함으로 이끌곤 하지만, 그에겐 시름을 쫓아내는 소리이다. 고산의 풍경은 점점 확대되면서 가까이 다가온다. 원경에서 근경으로 화면이 바뀐다. 낚싯바늘에 걸려 올라오는 물고기와 물에서 자유롭게 노니는 청둥오리가 보인다. 물고기는 현실의 명예와 돈을 따르다가 자신을 망치는 모습으로, 유유히 헤엄치는 청둥오리는 세속적인 욕망을 버리고 자유롭게 사는 모습으로 비춰진다. 어떤 쪽을 택할 것인가? 김시습은 밤늦도록 낚시하는 자유로운 삶을 택한다.

고산 34x24cm

고산 2

백사(白沙) 이항복 (李恒福, 1556~1618)은 1613년에 탄핵을 당하자 지팡이 하나 들고 산수 속을 거닐었다. 한 번은 초라한 옷을 입고 청평산을 유람하다가 소양강에 이르렀다. 배를 함께 탄 젊은이들이 정승인 줄 모르고 버릇없이 굴면서 온 이유를 따졌다. 공이 말하기를, "이곳이 산수가 좋다는 말을 듣고 살아볼까 하고 왔소."하니 젊은이들은 더욱 방자하여 등 너머로 산을 가리키며, "대대로 전해 내려오기를, 이 산이 떠내려 왔기 때문에 이사 온 사람들이 대부분 부자가 된다고 하니 당신도 와서 살면 매우 좋을 것이오."하고는 귀에다 대고 서로 말하기를, "이 사람이 관자놀이에 둥근 옥이 찍혔으니 필시 곡식을 바치고 된 벼슬아치인 모양이다."하더니 말을 마치고 인사를 하고 가버렸다. 공이 시를 지었다.

만년의 계획은 소양강 아래서 晩計昭陽下
그대들과 함께 낚시하며 늙는 거라 하니 同君老一竿
가난하게 살까 근심하지 마시오 莫憂生事薄
옛부터 부래산(浮來山)이 있으니 하네 自有浮來山

『백사집(白沙集)』에서 이항복은 시를 짓게 된 이유를 이렇게 밝히고 있다. "춘천의 큰 선비 이씨 · 안씨 · 최씨 세 군자가 청평사에서 내가 노닌다는 말을 듣고 나를 위하여 찾아와 너럭바위 위에 나란히 앉았는데, 나는 고산에 셋집을 얻어 이사하여 여생을 보내고 싶었다." 이항복은 고산에서 여생을 보내고 싶어 하는 마음을 담아 시를 지은 것이다. 진지한 여생의 계획임을 보여준다. 시에 등장하는 부래산은 고산을 말한다. 이항복은 고산에 터 잡고 낚시하며 여생을 보내고 싶었다. 고산은 이렇게 매력적인 장소였다.

고산소경 33x46cm

고산 3

고산(孤山)은 춘천 상중도(上中島) 북쪽 끝에 있다. 돌로 이루어진 돌출 봉우리로 그 위에 십여 명이 앉을 수 있으며, 이곳에 앉으면 사방 30리를 족히 볼 수 있다. 「고산에 떨어지는 저녁 노을[孤山落照]」은 소양 8경의 하나로 자리 잡을 정도로 널리 알려져 수많은 시인들이 이곳을 찾아 시를 지었다.

고산 꼭대기에 올라 試上孤山頂
돌아보니 고산 외롭지 않네 回首爾不孤
뭇 봉우리 아름다운 병풍으로 둘러싸고 綵屛環衆峀
두 개의 호수 맑은 거울 처럼 끼고 있네 明鏡夾雙湖
성근 빗방울 때때로 내리다 그치고 疎雨時來歇
비끼는 석양에 반쯤은 있는 듯 없는 듯 斜陽半有無
날개가 생기는 것 스스로 아니 自知生羽翰
이전의 내가 아니로구나 非復向來吾

대부분의 탐방객들은 배를 타고 고산 주위를 구경한다. 그러나 이주(李胄)는 고산 정상까지 올라가서 주변의 경관을 살폈다. 고산 정상에서 바라보니 주변의 모든 것들이 눈에 들어온다. 동서남북 산봉우리들은 병풍처럼 둘러싸고, 좌우의 강물은 유유히 흐르며 석양빛에 반짝인다. 강 한가운데 홀로 우뚝 서있어 고산(孤山)이라고 했지만, 직접 올라와 보니 전혀 외롭지 않은 곳이다. 주변의 모든 풍광을 모은 명당이기 때문이다. 고산이 선경(仙境)이라는 생각에 미치는 순간 자신도 선경 속에 사는 신선이 되었다.

고산 33x44cm

고산 4

김시습(金時習, 1435~1493)은 춘천경관에 관한 이야기를 듣고 지었다고 하면서 춘천10경을 노래한다. 춘성에서 취하여 노님[醉遊春城], 소양강에서 노질하며 되돌아옴[返棹昭陽], 선동에서 약을 캠[采藥仙洞], 화악산을 찾는 스님[尋僧花岳], 신연강에서 낚시질[釣魚新淵], 고산에서 나가려고 배를 부름[喚渡孤山], 강가의 정자에서 나그네를 보냄[送客江亭], 읊조리며 석교를 지나감[吟過石橋], 송원에서 말을 먹임[秣馬松院], 추림에서 토끼사냥[伐兎楸林] 등이 10경이다. 그 중 '환도고산[喚渡孤山]'은 고산의 아름다움을 노래한 것이다.

바람 불지 않아 강물 잔잔하니 江平風不起
거울 같이 맑아 티끌 하나 없네 鏡面無査滓
강 건너가는 배와 뱃사공 中有渡人舟
멀리서 보니 하나의 점인 듯 遠望一點耳
고산(孤山)은 가운데 있는데 孤山在中央
깎아지른 사방은 물에 꽂은 듯 四面峭揷水
건너 달라 여러 번 불렀으나 我來喚爭渡
배는 벌써 강 언덕에 닿아버렸네 彼岸舟已艤
오랫동안 기다려도 오지 않아서 久立舟不來
고산에 올라가 기다리노라 孤山登以俟
흰모래 내려다보니 俯視白蘋洲
물결에 씻긴 모래 모래톱 만들고 浪淘沙成汜
노을이라 땅거미 멀리 퍼지며 夕陽暝色遠

환도고산 33x53cm

열은 물안개 강가에 피어나네 浮煙生江涘

물굽이 올라서니 찬 물결 치고 上灣寒波激

못으로 내려가니 강물은 맑네 下潭澄江瀰

쓸쓸한 갈대밭 속에 蕭蕭蘆葦叢

꾸룩꾸룩 기러기 서로 기대고 嗷嗷雁相倚

이름 모를 더부룩한 어부가 何處髼鬆子

맑은 강가에서 낚시 걷어들고 卷釣清江沚

경치 보며 저 홀로 거닐다가 撫景獨徘徊

천리 길 돌아감을 잊어버렸네 忘却歸千里

고산을 둘러싼 경치를 자세하게 그려냈다. 거울 같이 맑은 물, 건너가는 배, 깎아 세운 듯한 석벽, 흰 모래, 물결에 씻긴 모래톱, 노을, 갈대밭, 기러기, 낚시 하는 어부 등 이러한 시어가 어우러진 한 폭의 그림이다. 때마침 강물 위에 있던 오리는 날아올라 정중동의 세계를 보여준다. 망연히 바라보노라면 그림 속의 일부분이었던 뱃사공의 피리소리가 배경음악으로 들리고, 강물에 비치는 경치는 노을이 질 때마다 또 다시 붉게 덧칠해진다. 그러면 그림 속 어부는 황홀경에 빠져 망아(忘我) 상태가 된다. 고기잡이는 김시습이자, 고산에서 거니는 나이다.

고산 5

매처학자(梅妻鶴子)란 매화를 아내로 삼고 학을 자식으로 삼는다는 말로, 아무 근심 없이 편안하게 풍류를 즐기며 사는 생활을 비유적으로 이르는 말이다. 임포(林逋, 967~1024)는 중국 항주에 있는 서호의 동산에 살면서 매화를 심고, 학을 기르며 20년 동안 성안에 들어오지 않고 풍류생활을 한 것으로 전해진다. 매화를 사랑했던 임포는 매화가 필 때가 되면 한 달이나 문밖을 나가지 않고 종일 매화를 감상하고 노래를 부르며 혼자 즐겁게 지냈다. 방학정(放鶴亭)은 임포가 학을 키운 곳으로, 그가 학을 날려 보내면 학이 되돌아와서 이름을 얻었다. 벼슬을 하지 않은 처사의 전범이 된 임포는 중국과 조선에서 존경과 사랑을 받았기에, 임포를 모르면 매화 혹은 학을 읊은 옛 한시와 옛 그림을 이해할 수 없을 정도다. 유명한 시인들은 시로 읊었으며, 화가들은 임포의 이야기를 화제 삼아 그림을 그리곤 했다.

매화를 사랑한 임포는 「산원소매(山園小梅)」라는 시를 남겨서 또 한 번의 유명세를 탄다. 봄날 저녁에 그는 서호에서 물에 거꾸로 비친 매화의 정취에 감동하여 시를 읊는다.

뭇 꽃들 모두 졌는데 홀로 선연히 피어 衆芳搖落獨暄妍
조그마한 정원의 풍정을 독차지하였네 占盡風情向小園
성긴 가지 맑은 물에 어리비치는데 疎影横斜水清淺
그윽한 향기 달빛 아래 번져오누나 暗香浮動月黄昏

구양수(歐陽修, 1007-1072)는 세 번째 구절과 네 번째 구절을 보고 "일찍이 매화를 노래한 시는 많지만 이 구절보다 뛰어난 것은 없다."고 찬사를 보냈다. 위의 시에서 '암향부동월황혼(暗香浮動月黃昏)'이라는 구절은 매화와 달을 동시에 즐기는 좋은 운치라는 의미에서 '암향(暗香)'이라는 단어의 유래가 되었다. 임포가 풍류생활을 했던 서호의 동산이 바로 고산(孤山)이다. 그래서 매화하면 임포를 떠올리고, 임포하면 고산과 학이라는 등식이 성립되었다.

춘천부사였던 박장원(朴長遠, 1612~1671)은 1652년 12월에 「중유청평산기(重遊淸平記)」를 짓는다.

> 지난번 아이들이 교정하여 베낀 시집을 열람하다가 우연히 소동파의 시 "납일(臘日)에 고산(孤山)을 유람하다 스님을 방문했다"라는 작품을 보고 나도 모르게 기뻐하였다. 춘천에도 고산(孤山)이라는 산이 있다. 땅이 서로 천만리나 떨어져 있는데, 산 이름이 서로 같은 것을 괴이하게 여겼는데, 예전과 지금 사람은 다르며 천년이란 먼 시간이 있음을 알지 못하여서이다.

소동파(蘇東坡, 1036~1101)가 항주에서 관직생활을 한 적이 있었다. 그때 「납일에 혜근 혜사의 두 스님을 방문하러 고산에 다녀오다[臘日游孤山訪惠勤惠思二僧]」란 시를 지었다. 박장원이 언급한 시는 바로 이 시를 가리키는 것이다. 시 중에 "하늘은 눈이 내릴 듯하고, 구름은 호수에 가득하니, 누대는 가물가물하고 산은 있는 듯 없는 듯"이란 구절이 있다. 박장원은 소동파와 같은 풍류를 즐기기 위해 가을에 한 번 갔다 온 곳을, 소동파처럼 얼음 어는 계절에 다시 갔다 온 것이다. 그리고 날짜는 소동파의 시에 나온 것처럼 그믐날을 선택한다. 그 매개물은 고산이었고, 춘천의 고산과 중국 항주의 고산을 함께 떠올렸던 것이다.

고산낙조 50x50cm

위도

홍종대(洪鍾大, 1905~1951)의 『해관자집(海觀自集)』에 「옥산팔경(玉山八景)」이 실려 있다. 옥산은 옥산포를 말한다. 각각의 경치를 한 수의 시로 읊은 것이 아니라, 팔경을 하나의 시 속에서 형상화한 점이 독특하다.

나무들마다 우거져 녹음이 짙은데 萬樹蒼蒼轉綠陰
된섬으로 나뉜 두 강물은 저녁 안개에 잠겼네 嶼分二水暮煙沈
하늘은 열려 마적산 위 달 밝은데 天開馬跡月明郎
땅은 우두벌 지키며 구름 속에 잠겼네 地鎭牛頭雲鎖深
오미나루에서 돌아오는 돛배 물결 따라 흔들리고 梅浦歸帆隨白浪
고산의 저녁노을 붉은 마음을 잡아 끄네 孤山殘照拕紅心
한계(漢溪)엔 깎아지른 검봉 서 있고 漢溪削挿劒峰立
떴다 사라지는 붉은 노을 학수봉에 번지네 浮沒丹霞鶴峀侵

한 구절마다 하나의 절경을 묘사하였다. 우거진 녹음[萬樹綠陰], 두 강물의 저녁 안개[二水暮煙], 마적산 위의 밝은 달[馬跡明月], 우두벌을 덮은 구름띠[牛頭雲鎖], 오미나루에서 돌아오는 돛배[梅浦歸帆], 고산의 저녁노을[孤山殘照], 깎아지른 검봉[削挿劒峰], 학수봉의 붉은 노을[丹霞鶴峀]은 8폭의 병풍을 보는 듯하다.

된섬은 지금의 고슴도치섬으로 옥산포와 신매리 사이에 위치하고 있는데, 강물이 양 옆으로 흐르고 있다. 마적은 신북읍 천전리와 소양댐 사이에 위치한 마적산을 이른다. 매포는 서면 신매리 오미나루터를 말한다. 검봉은 용산리 뫼치골과 놋점 사이의 봉우리인 듯 하고, 학수봉도 용산리에 있는 봉우리인 듯 하다. 모두 옥산에서 볼 수 있는 뛰어난 경관들이다.

갈대가 있는 강　53x45.5cm

모진나루

춘천댐 위 인람리는 춘천댐이 건설되면서 집과 땅이 물에 잠기자, 마을 사람들은 고향을 떠나 대처로 가거나 마을 뒤 산기슭을 일구게 되었다. 마을 앞 강은 모진강이다. 모진강은 춘천과 화천의 경계부터 흐르다가 소양강을 만나면서 신연강이 된다. 춘천 북쪽 일대를 흐르는 북한강 물줄기 이름인 것이다. 정약용은 북한강이 원평리의 말고개 남쪽을 지나면서 모진이 된다고 적었다. 모진강은 모진나루로 유명하였다. 북쪽으로 가는 나그네들은 인람리에서 배를 타야만 했다. 남쪽으로 길을 재촉하는 사람들은 원평리에서 배를 기다렸다.

고려 말에 원천석은 이곳을 지나다 시를 남긴다. 조선시대의 무수한 시인묵객들도 배 위에서 일어나는 시흥(詩興)을 억누를 수 없었다. 정약용도 이곳에서 시를 남겼다. 매월당 김시습은 이곳을 무진(毋津)이라 적는다.

무진에서 방금 닻줄을 풀자 毋津初解纜
버드나무에 저녁 밀물 찰랑거리고 楊柳晩潮生
희미한 모래벌판 멀리 보이는데 淡淡沙汀遠
아득히 안개 낀 나무 나란히 있네 茫茫煙樹平
한가한 물새는 물가에 흩어져 쉬고 閑鷗分渚泊
밝은 달은 배와 함께 흐르니 明月共船行
아득히 물과 구름 밖으로 渺渺水雲外
이 내 몸 가볍게 돌아가네 一身歸去輕

'봄철을 이용해 산에서 나와 옛 친구를 찾아 서울로 가는 도중의 경치를 기록'한 여러 편의 시 중 하나다. 친구를 만나러 가는 길이어서일까? 아니면 따스한 봄날이 우울한 마음을 다 녹여서일까? 매월당의 시는 경쾌하다. '이 내 몸 가볍게 돌아가네'라고 읊조렸던 것은 봄 때문이었을 것이다.

모진나루 60.5x50cm

2015

모진나루 53x29cm

우두사

1483년, 김시습은 다시 길 위에 섰다. 춘천을 찾은 시기가 이 때인 것 같다. 춘천의 이곳 저곳을 거닐다가 해 질녘에 우두사(牛頭寺)의 문을 두드렸다. 우두사에서 하룻밤을 보내며 시를 짓는다. 「우두사에서 자다」가 『매월당시집』에 남아 있다.

깃들던 까마귀 저녁 종소리에 놀라 날아가고 棲鴉驚散暮天鍾
짙은 안개와 노을 속에 절은 서 있네 寺在煙霞第幾重
궁한 선비 언제나 봉황의 날개 붙잡으려나 措大幾時將附鳳
고승은 이 저녁에 벌써 용에게 항복 받고 闍梨今夕已降龍
달 밝은 수풀 아래 절로 돌아가고 月明林下僧歸院
구름 짙은 산 앞 소나무에 학은 쉬고 있는네 雲暝峯前鶴■松
강가의 느긋한 나그네 가장 한스럽게 하는 건 最是江頭饒客恨
갈대꽃 깊은 곳에 기러기 꾸룩꾸룩 하는 소리 荻花深處雁嗈嗈

모두가 보금자리로 돌아가야 할 시간이다. 찬이슬을 피해야할 늦가을 저녁에 우두사의 종소리가 들려온다. 놀라서 날아가는 까마귀는 쉴 곳을 찾은 기쁨이다. 그러나 잠시 뒤 다시 쓸쓸해진다. 고승은 신통력을 발휘해 용을 제압하는데, 나는 이 나이에 도대체 뭐 하나 이룬 것이 동가식서가숙하고 있다. 길 위의 바람에 욕심이 사라졌는가 싶다가도 불쑥불쑥 나타나곤 한다. 모두 잠들 시간이다. 스님도 학도 긴 휴식에 들어간다. 하루 종일 걷고 또 걸어서 온 몸이 노곤하지만 쉽게 잠들 수 없다. 잠의 문턱으로 들어서려는데 소양강 갈대밭에서 우는 기러기 때문에 김시습의 머리는 다시 또렷해졌다.

우두산 52x38cm

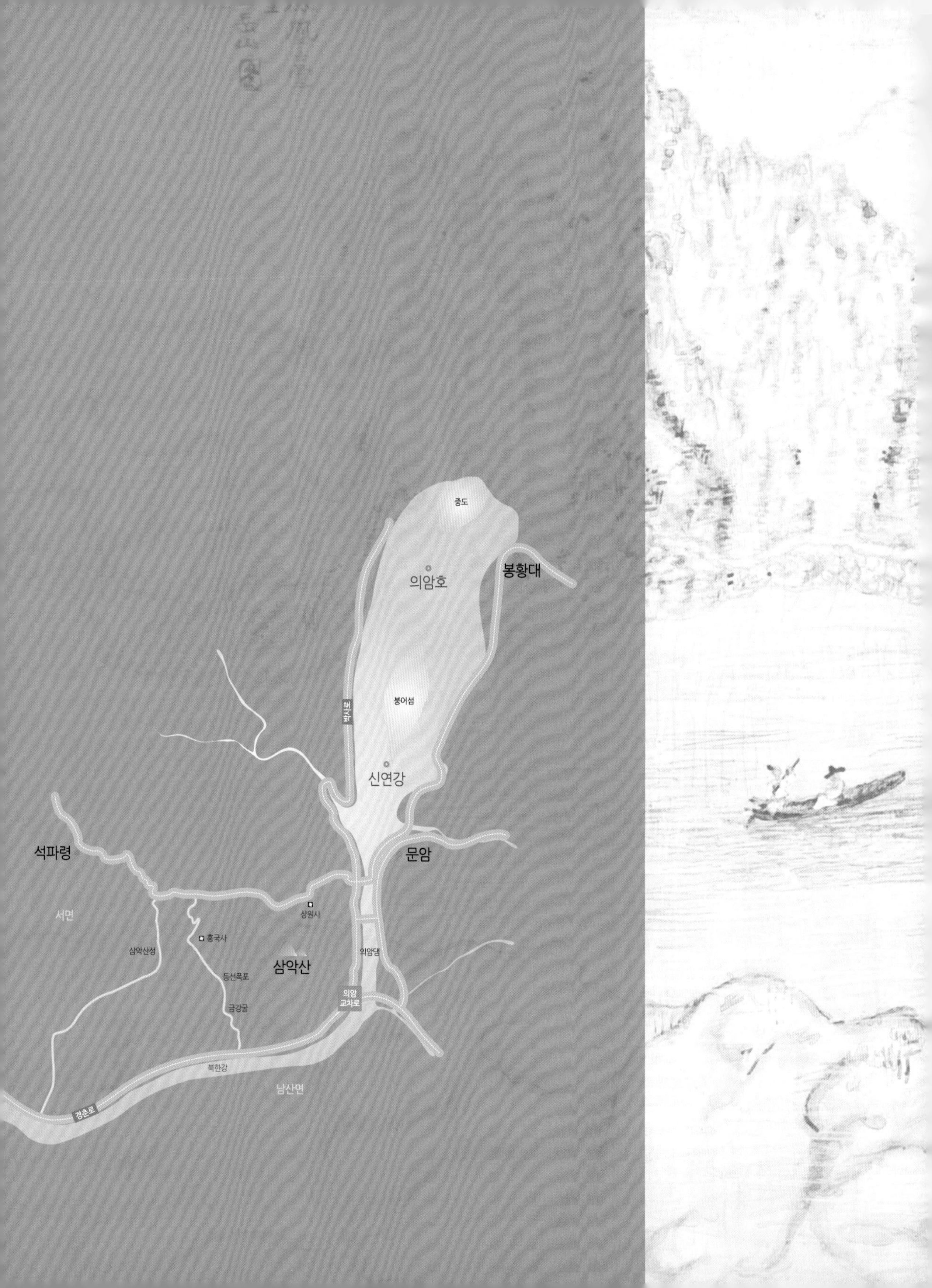

중도
의암호
봉황대
박사로
붕어섬
신연강
석파령
문암
상원사
서면
홍국사
삼악산성
삼악산
의암댐
등선폭포
의암
교차로
금강굴
북한강
남산면
경춘로

맥국의 요새 삼악산

삼악산

백양리에서 바라본 삼악산은 힘차게 하늘로 솟았다. 삐죽삐죽 울퉁불퉁한 직선이 주변의 곡선과 구별짓는다. “산은 글을 논함에 있어 밋밋함을 좋아하지 않는 것과 같아야 한다.[山似論文不喜平]”는 구절이 떠오른다. 변화무쌍하며 파란과 곡절이 많아야 한다는 것이다. 글 속에 복선과 반전이 있어야 하듯이, 산도 그러해야 한다는 의미일 터이다. 산은 밋밋함을 좋아하지 않는다는 표현은 삼악산에 적합하다.

돌로 이루어진 수려한 경관 때문에 ‘석금강(石金剛)’이란 별칭이 생겼다. 삼악산과 두름산 이 함께 만들어낸 의암댐 부근의 협곡을 특별히 ‘소금강(小金剛)’이라 부르며 춘천 사람들은 자랑스러워했다. 그뿐만 아니다. 등선폭포가 있는 협곡은 웅장하면서 기이한 아름다움의 백미다.

삼악산은 춘천에 살던 백성들이 목숨을 의지했던 최후의 보루였다. 삼악산성은 축조연대가 정확히 밝혀지지는 않았지만 맥국시대에 축조되었다고도 하며, 조선중기에 축조했다고도 한다. 내성과 외성으로 이루어졌으며 총 길이가 5.8㎞에 달한다. 성벽은 대부분 붕괴되거나 유실되었지만, 아직도 성곽의 모습을 보여주는 곳이 남아 있다.

조선시대 춘천에 은거하던 이주(李胄)가 읊은 삼악산성에 대한 시가 『춘주지』에 실려 전한다.

삼악산성은 어느 때의 성곽인가 三岳城何代

거듭 새롭게 해 지금까지 남아있네 重新趁方今

내성(內城)은 만 길에 달하고 內城高萬丈

외성(外城)은 천 길을 굽어보네 外城俯千尋

험하여 새도 넘기 어렵고 其陗鳥難度

견고하여 쇠도 뚫지 못하네 其堅鐵不如

한 사람이 창을 들고 서있으면 一人荷戈立

만 명의 발길 막을 수 있네 萬夫足趑趄

보는 이들이 말하길 觀者相謂曰

험하도다! 참으로 천연의 요새로다 險哉眞天府

삼악산 70x134cm

남북으로 변고에서 벗어나려면 南北脫有變

이곳을 버리고는 병법을 행할 수 없다네 捨此無用武

그렇지만 지형의 이로움 믿는 것이 雖然恃地利

어찌 인화(人和)를 얻음만 같겠는가 那似得人和

지켜주는 것은 쥐어짜는 것과 다르니 保障異繭絲

귀한 것은 정치가 가혹하지 않는 것 所貴政不苛

이주(李胄)는 삼악산에 올라 삼악산성을 보고 천연의 요새라고 찬탄한다. 그러나 잠시 뒤 난공불락의 요새보다 더 중요한 것을 강조한다. “하늘의 때는 땅의 이득만 못하고, 땅의 이득은 사람의 화합만 못하다[天時不如地利 地利不如人和].”란 문장의 한 부분을 떠올린다. 맹자는 승패의 기본적인 요건을 첫째 하늘의 때, 둘째 땅의 이득, 셋째 인화의 세 가지로 보았다. 전쟁에서 이기기 위해 아무리 기상과 방위, 날짜의 길흉 같은 것을 견주어 보아도 지키는 쪽의 견고함을 능가하지 못한다. 아무리 요새가 지리적 여건이 충족된 땅의 이득을 가지고 있다고 하더라도 이것을 지키는 이들의 단결이 없으면 지키지 못한다고 보았다. 결국 민심(民心)을 얻는 것이 중요하지 산성의 견고함은 나중의 일이라는 것이다. 삼악산은 이렇게 간단한 이치를 알려주었다.

드름산에서 바라본 삼악산 136x72cm

삼악산 25x35.5cm

삼악산 46x31cm

삼악산 24x30cm

석파령

춘천과 서울을 왕래할 때 배를 이용하는 경우도 있었다. 지금은 의암댐 때문에 뱃길이 막혀버렸지만 정약용은 배를 타고 춘천을 찾았다. 육로를 이용하는 경우는 석파령(席破嶺)을 넘어야 했다.

석파령은 덕두원과 당림리를 이어주는 산길이다. 삼악산 북쪽 능선에 선으로 표시된 이곳은 오랜 시간 동안 수많은 사람들이 넘나들던 생활의 공간이면서, 숱한 이야기와 시를 남긴 문화공간이기도 하다.

『춘주지』에 의하면 옛날에 신관과 구관이 여기서 교체했는데 관리가 자리 하나를 가지고 와서 잘라 나누어 앉았기 때문에 이름이 붙었다고 한다. 고갯마루가 너무 좁은 탓에 둘을 깔지 못하고 하나를 잘라서 사용한 것이다. 그래서 석파령(席破嶺)이다.

수많은 사람들이 오고간 석파령은 춘천에서 손꼽히는 창작의 공간이기도 하다. 이곳을 지나는 시인묵객들은 고개의 험난함에 투덜거리기도 하고, 아름다움을 그리기도 했다. 고개를 읊은 시는 석파령을 문화의 공간으로 만들었다.

이학규(李鶴圭, 1770~1835년)의 「석파령(石坡嶺)」이란 시를 읽어본다.

덕두원은 한창 단풍잎 짙어지고 德杜園中楓葉枯
신연강 너머론 어지러이 나는 새 新延江外亂飛鳥
때 맞춰 예황(倪黃)의 솜씨로 來時合付倪黃手
가을 산 지나는 나그네 그림 다투어 그리네 爭寫秋山行旅圖

예황(倪黃)은 예찬(倪瓚, 1301-1371)과 황공망(黃公望, 1269~1354)을 가리킨다. 원나라 말기의 문인화가였던 예찬은 산수화를 그릴 때 앞쪽의 낮은 언덕에 나무 몇 그루를 배치하고, 중간에 넓은 수면을 놓아둔 뒤 다시 그 뒤쪽으로 먼 산을 배치하는 구도법을 주로 썼다. 이런 구도는 좁고 긴 화면에서도 깊이를 느끼게 해주는 구도로 이후 많은 화가들에게 큰 영향을 미쳤다. 황공망은 예찬보다 조금 앞선 원나라 말기의 문인화가다.

화폭 앞은 신연강, 뒤에 있는 마을은 덕두원, 덕두원 계곡 사이로 구불구불 자취를 감추는 고갯길. 눈을 높이 들자 깊은 가을 하늘이 펼쳐진다. 수묵화인줄 알았는데 단풍잎이 빨갛다. 이학규는 예찬과 황공망이 그린 '가을 산을 지나는 나그네' 그림의 주인공이 되었다.

석파령 너머길　90x72cm

신연강

신흠(申欽, 1566~1628)은 춘천에 유배되었을 때 자유롭게 다니며 마음에 드는 곳을 찾는 즐거움을 누릴 수 없었지만, 틈틈이 춘천의 경치를 시 속으로 끌어들여 우리에게 보여준다. 대표적인 것인 「소양죽지가(昭陽竹枝歌)」다.

석파령(席破嶺) 마루턱에 해가 질 무렵이면 席破嶺頭日欲落
신연강(新淵江) 어귀에도 길손이 뜸하다네 新淵江口行人稀
짧은 돛대 가벼운 노 파도 타고 가는 저 배 短檣輕柮亂波去
봉황대(鳳凰臺) 아래 낚시터를 멀리서 가리키네 遙指鳳凰臺下磯

춘천 사는 사람들아 난랑곡(赧郎曲)일랑 불지 말게 居人莫唱赧郎曲
그것 들으면 나그네 애간장이 녹는다네 遊子此時空斷腸
일백하고도 여덟 굽이 그 곳이 어디라던가 一百八盤何處是
자고새 소리 속에 나무들만 푸르네 鉤輈聲裏樹蒼蒼

죽지가는 죽지사라고도 하는데 남녀의 사랑, 또는 그 지방 풍속을 노래한 곡을 말한다. 지방색이 짙은 노래다. 「소양죽지가」가 춘천의 향토색이 물씬 풍기는 작품이라는 걸 제목만 보고도 짐작할 수 있다. 첫 번째 시에 등장하는 장소는 석파령과 신연강, 그리고 봉황대다. 석파령은 춘천과 한양을 잇는 길이면서 두 공간을 가르는 경계이기도 하다. 신연강 어귀도 석파령과 같은 함의를 지니고 있다. 석파령을 넘은 사람은 신연강에 있는 신연나루에서 배를 타야만 춘천으로 들어올 수 있었고, 나가는 사람도 신연나루를 건너야 석파령을 오를 수 있었다.

두 번째 시의 소재는 춘천의 물굽이다. 지금은 의암댐 때문에 잠겨버린 신연강. 굽이마다 많은 여울과 이야기가 흐르던 강이었다. 멈춰진 신연강은 언제 다시 흐를 것인가.

신연강에 시서

문암 1

문암(門巖)은 의암댐에서 시내로 가다가 만나는 인어상 부근에 솟은 바위다. 『춘주지』는 “장양강과 소양강의 물이 큰 들판 사이로 비스듬히 굽어 흐르다가 함께 만나 신연강을 이루는데, 문암을 지나 서쪽으로 흐른다.”고 설명한다. 『수춘지』는 신연강을 “오른쪽에 삼악산이 있고, 왼쪽에 문암이 있는데 춘천의 목구멍과 같이 중요한 곳이며, 서울로 통하는 국도가 된다. 뛰어난 경치라 소금강(小金剛)이라 한다.”고 적는다. 신연교에서 의암호를 바라보면 삼악산과 두름산이 만든 협곡 사이로 안개 낀 호수와, 안개 위로 피어오르는 춘천이 보인다.

조유수(趙裕壽, 1663~1741)는 『후계집(后溪集)』에 문암과 관련된 시를 남긴다. 서면 아래서부터 문암까지 배를 타고 왔다가 신연강을 거슬러 가면서 감흥을 노래했다.

첩첩 산과 골짜기 지나 문암에 다다르니 犖山萬壑赴門巖
서면의 위 아래 남북으로 기울었네 西上下如坨北南
마을 사람은 모두 조(趙)씨와 정(鄭)씨인데 村姓百家唯趙鄭
맥국 터는 언제 초왕(楚王)과 범군(凡君)처럼 사라져버렸나 國墟何代邈荊凡
곱디고운 벼랑의 꽃은 옛 궁전을 슬퍼하고 鮮鮮崖蘂憐春殿
솔솔 부는 바람에 여름 적삼 흩날리네 剪剪江風拂夏衫
백로주 앞에서 물은 가늘어지자 白鷺洲前流又細
저녁 안개 속에 노를 돌려 신연으로 거슬러가네 暮回烟棹泝新潭

강은 삼악산과 두름산 사이로 깊은 계곡을 만들며 흐른다. 배는 문암을 지나 중도 아래 백로주에 이르고 나서야 뱃머리를 돌린다. 시인은 뱃전에서 춘천을 바라보고 역사 속으로 사라진 맥국을 떠올린다. 지금은 폐허가 되어버린 고도(古都). 요즘 중도에서 청동기시대 유물이 대량 발견되면서 맥국은 역사 전면에 자신의 모습을 드러내고 있다. 아마 꽃들도 기뻐할 날이 멀지 않은 것 같다.

문암을 보다 53x45.5cm

문암 2

다산 정약용은 고기잡이배를 구하여 집처럼 꾸미고 '산수록재(山水綠齋)'라는 편액을 걸었다. 천막과 침구, 필기구, 서적에서부터 약탕관과 다관(茶罐), 밥솥, 국솥 등 갖추지 않은 것이 없었다. 1823년 4월 15일 배를 타고 춘천으로 향했다. 강촌에서 시작한 협곡은 의암댐이 보이는 지점에서 끝난다. 의암리 앞에서 북한강이 굽이치며 현등협을 통과하는데 길이가 10여 리나 된다고 하였을 만큼 긴 구간은 이제 자전거가 달린다. 배는 이윽고 의암댐 부근을 통과하게 되었는데 다산은 주변의 바위를 보고 놀란다. 양쪽 모두 장엄했으나 오른쪽에 높이 선 바위는 마치 사람을 내려다보는 듯 기이했다. 이곳이 바로 석문(石門)이다.

천지가 갑자기 환하게 넓어지니 二儀忽昭廓
아! 들 빛이 얼마나 웅장한지 野色噫何壯
두려워 숨죽이다 이내 풀리며 悚息俄縱弛
맑게 흩어져 갈 곳을 모르겠네 散朗疑所向
좁기는 하지만 옛날에는 나라였으니 蕞爾曾亦國
하늘이 만든 별다른 별천지일세 天作有殊狀

의암댐 위 신연교를 건너며 춘천 쪽을 볼 때마다 이러했다. 특히 겨울엔 환상적인 무채색 그림이었다. 이곳은 춘천에서 절경으로 손꼽히던 곳이다. 현등협이 긴 협곡이라면 이곳은 아주 짧지만 강렬한 협곡이다. 풍수에선 이곳을 수구(水口)로, 전략적인 입장에선 춘천의 목구멍과 같이 중요한 곳으로 인식하였다. 이방인의 눈으로 바라본 이곳은 인간의 세계가 아닌 별천지로 들어가는 입구였다.

문암 34x24cm

봉황대

오성대감으로 알려진 이항복(李恒福, 1556~1618)은 명재상이자 국난을 극복한 공신이지만 선조와 광해군 시대를 평탄하게 지나갈 수 없었다. 선조 말엽부터 왕위 계승을 둘러싸고 광해군을 지지하는 세력과 영창대군을 지지하는 세력 사이에 암투가 심각하였다. 좌의정 이항복을 비롯한 서인과 남인들은 유배길에 오르거나 벼슬길에서 쫓겨났다. 이 시기에 춘천에 온 이항복은 봉황대에 오른다.

봉황은 동양문화권에서 신성시했던 상상의 새로 기린 · 거북 · 용과 함께 신령스런 동물 중 하나다. 수컷을 봉(鳳), 암컷을 황(凰)이라고 하는데 앞부분은 기러기, 뒤는 기린, 뱀의 목, 물고기의 꼬리, 황새의 이마, 원앙새의 깃, 용의 무늬, 호랑이의 등, 제비의 턱, 닭의 부리를 가졌다. 우는 소리는 퉁소 소리와 같고, 살아 있는 벌레를 먹지 않으며, 살아있는 풀을 뜯지 않고, 무리 지어 머물지 않으며, 난잡하게 날지 않고, 그물에 걸리지 않으며, 오동나무가 아니면 내려앉지 않고, 대나무 열매가 아니면 먹지 않으며, 아무리 배고파도 조 따위는 먹지 않았다.

이러한 특성을 지닌 봉황은 정치가 공평하고 어질며 나라에 도가 있을 때 나타난다고 하여, 성군(聖君)의 덕치(德治)를 증명하는 징조로 여긴다.

이항복은 봉황을 생각하면서 「봉황대(鳳凰臺)에 오르다」란 시를 짓는다.

대가 높으나 이름만 헛되이 지니어서 臺峻名虛設
사람들은 봉황을 모른다고 하누나 人傳鳥不知
태평스런 음악 소리 지금은 조용하니 簫韶今寂寞
언제나 한 번 봉황이 와서 춤 출 것인가 何日一來儀

봉황대 18x24cm

봉황대에 오른 이항복은 강물을 바라보면서, 순(舜) 임금이 창작한 음악인 소소(簫韶)를 아홉 번 연주하자 봉황이 듣고 찾아와서 춤을 추었다는 일을 떠올린다. 그러나 현실은 봉황이 춤추는 태평성대와 정반대로 암울하다. 언제 이 시기가 끝날지 알 수 없는 상황이다. 그럼에도 불구하고 그는 봉황이 찾아와 춤추길 기원한다. 봉황대는 태평성대를 고대하던 곳이었다.

봉황대 44x31cm

의암호 1

춘천은 두 강물이 합쳐지는 곳이다. 화천을 통과해서 내려오는 북한강과, 인제 쪽에서 흘러오는 소양강이 삼악산 위쪽, 중도 아래에서 만난다. 의암댐으로 호수가 생기면서 춘천 서쪽을 흐르는 강물의 허리가 완전히 달라졌지만, 예전에 두 강물이 만나는 부근에 넓은 모래벌이 있었다. 백로주는 유명해서 춘천을 찾은 사람은 한두 번 노래하곤 했다.

김도수(金道洙, 1699~1733)의 『춘주유고(春洲遺稿)』에 「소양가(昭陽歌)」가 전해온다.

그대여 서주곡(西洲曲) 부르지 마오 願君莫唱西洲曲
그대여 소양가(昭陽歌)를 듣고 싶구나 願君且聽昭陽歌
소양강 물 맑고 따뜻해지자 昭陽江水清且暖
문 앞에 버드나무 짙어지누 門前毶毶楊柳多
동쪽 집 여자 아이 고운 얼굴로 東家女兒顏如玉
달이 밝자 빨래하러 강 가로 오니 月明浣紗江上來
깊은 밤에 놀라 깨어난 물새들 夜深驚起鸛鶴羣
울면서 곧장 봉황대로 날아가누 鳴飛直過鳳凰臺

'소양강처녀'란 노래를 아시는가? "해 저문 소양강에 황혼이 지면 / 외로운 갈대밭에 슬피 우는 두견새야 / 열여덟 딸기 같은 어린 내 순정 / 너마저 몰라주면 나는 나는 어쩌나 / 아-아 그리워서 애만 태우는 소양강 처녀" 「소양가」를 읽으며 왜 '소양강처녀'가 생각났을까? 그러고 보니 공통분모가 여러 개다. 소양강, 황혼, 처녀, 새. 그렇다면 '소양강처녀' 노래는 오랜 역사적 전통이 잇는 것이 아닐까? 「소양가」의 전편에 흐르는 애조 띤 선율은 소양강 물처럼 흐른다.

의암소경 53x73cm

의암호 2

김시습의 시 중, 춘천의 경치를 노래한 10수는 유명하다. 그 중 「조어신연(釣魚新淵)」은 신연강에서 낚시하는 것을 형상화한 것이다. 이 시의 첫 머리는 "전년에 푸른 도롱이 샀었고 금년에는 대를 엮은 삿갓을 샀네[前年買綠蓑 今年買篛笠]"로 낚시를 하고 있는 경관으로 시작하고 있으나, 물고기를 낚는 것이 목적이 아니었다. "낚시대를 드리우되 미끼는 없고, 풀에 앉아 명상에 잠겨 버렸네[持竿不投餌 坐茅瞑兩目]"라고 묘사한 부분은 풍류와 세월 낚는 은자의 심정을 노래하고 있다. 매월당은 신연강과 관련된 시를 한 수 더 남긴다. 배를 타고 「신연강을 건너며」란 시를 짓는다.

서풍이 불어 와서 솜옷을 흔드는데 西風吹拂木綿衣
나그네 길이라 식미(式微) 짓기 어려워라 客路難堪賦式微
짝지은 물가 오리 여귀풀 의지해 졸며 兩兩汀鳧依蓼睡
쌍쌍이 강 제비는 사람 스쳐 날아가네 雙雙江燕掠人飛
강산은 참으로 아름다우나 내 땅 아니며 江山信美非吾土
풍경은 비록 멋있으나 돌아감만 못하구나 風景雖饒不似歸
아무리 안 간다 하여도 돌아감이 좋은 것 儘不道歸歸便好
고향의 안개 낀 달이 사립문 비추겠지 故園煙月照蓬扉

식미(式微)는 『시경』에 실려 있는 「식미(式微)」를 말한다. "쇠미하고 쇠미하거늘 어찌 돌아가지 않는고[式微式微 胡不歸]"로 시작하는 이 시는 객지에서 고향으로 돌아가기를 원하는 시로 알려져 있다. 식미(式微) 짓기 어렵다는 한탄은 고향으로 돌아가기 어렵다는 의미일 것이다. 타향이 비록 아름답고 살 만하더라도 떠돌이기 때문에 돌아가야 한다. 그러나 현실은 그러하질 못하다. 이상과 현실 사이의 괴리에서 그는 늘 외로웠다. 새들마저 짝을 짓고 쌍쌍이 날지만 그는 늘 혼자였다. 신연강 나루는 외로움을 다시 짙게 느끼게 한다. 떠남과 돌아옴이 교차하는 나루터에서 돌아갈 수 없는 고향을 그리워하였다.

의암호　45.5x53cm

의암호

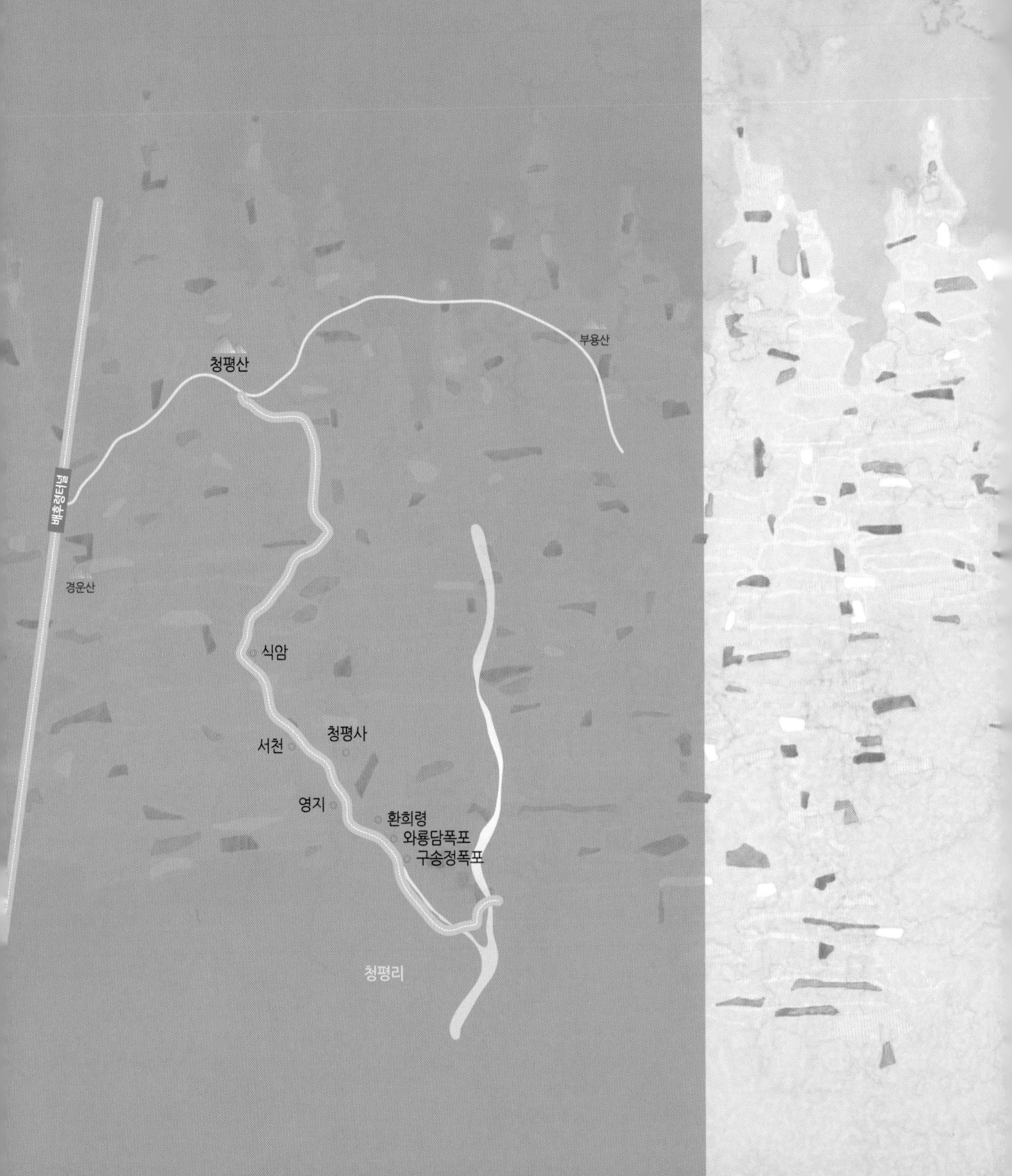
부용산
청평산
배후령터널
경운산
식암
청평사
서천
영지
환희령
와룡담폭포
구송정폭포
청평리

탑속의 공간 청평산

청평산

청평사 뒤에 있는 산은 다섯 봉우리로 이루어져 오봉산이라 부른다. 그런데 오봉산이라고 불리게 된 것은 1970년대부터이다. 그 이전에는 청평산이란 명칭이 일반적이었다. 산을 유람하고 기록한 유산기의 제목을 보면 한결같이 청평산이란 명칭을 사용하고 있다. 박장원(朴長遠, 1612~1671)의 「유청평산기(遊淸平山記)」, 서종화(徐宗華, 1700~1748)의 「청평산기(淸平山記)」, 안석경(安錫儆, 1718~1774)의 「유청평산기(遊淸平山記)」 등이 모두 청평산이라 적고 있다. 현재 청평사 남쪽에 있는 산을 경운산이라고 하지만, 경운산은 청평산의 다른 이름 중 하나다. 산이 험하고 깊은데다가 도적과 맹수가 많았는데, 고려 시대에 이자현(李資玄, 1061~1125)이 와서 머물자 사나운 짐승들은 자취를 감추고 도적은 들어오지 못하였기 때문에 청평산(淸平山)이라 불렀다고 한다.

산의 이름이 천하에 알려지게 된 것은 이자현 때문이다. 젊은 시절의 이자현은 문벌귀족 출신으로 과거에 급제하며 출세 길이 보장되었으나, 27살의 젊은 나이에 청평산과 깊은 인연을 맺게 된다. 청평산으로 들어온 후 산속에서 37년 긴 세월을 살았다. 그의 행동에 대해 후대 사람들의 칭찬이 이어진다. 대표적인 것이 퇴계 이황의 평가다. 그는 "이자현이 부귀에 대해서 자신을 더럽히기라도 할 듯이 뒤도 안 보고 떠나갔으며, 은둔에 있어서 거침없이 나아가 종신토록 돌아보지 않았는데, 만일 이를 두고 명성을 위해 그렇게 하였다고 한다면, 그것이 어찌 인정(人情)에 가까운 말이라 하겠는가. (중략) 내가 이자현을 사모하는 까닭이다."라고 호의적인 입장을 표하며 시를 짓는다. 이후 청평산은 산수의 수려함에 이자현의 고결함이 중첩되면서 선비들의 필수 답사코스가 되었다.

이경석(李景奭, 1595~1671)의 「청평산(淸平山)」 시가 『백헌집(白軒集)』에 실려 있다.

맑은 유람이 단지 번잡한 가슴 씻어주니 淸遊只爲洗煩胸
도롱이 입고 지팡이 하나 들고서 비를 맞네 帶雨披蓑手一筇
진락공의 높은 기풍은 흰 계곡물에 보이고 眞樂高風看白水
김시습의 남긴 운치는 푸른 소나무에 있네 悅卿遺韻在靑松

영지 속엔 봉우리 앞 암자의 그림자 떨어지고 池心影落峯前寺

골짜기 속엔 학 타고 간 신선 자취 남아있네 洞裏仙留鶴背蹤

바위 위에 앉으니 속세의 상념이 사라지는데 石上坐來塵念息

어느새 산 밖으로 석양이 지네 不知山外夕陽春

청평사에 들다 72x55cm

청평산에 머물다 72x55cm

구송정폭포

매표소를 지나 계곡을 건너면 너럭바위가 넓게 펼쳐져 있다. 청평사에 오는 사람을 맞아들이고 가는 사람을 전송하는 공간이다. 눈을 감으면 술잔을 나누며 이별을 아쉬워하는 옛사람들의 말소리가 두런두런 들린다. 청평사에 왔다가 가는 사람들은 이곳에서 자리를 펴고 이별을 아쉬워하면서 시를 짓곤 했다. 이곳은 「청평팔경」 중의 하나로 꼽히는 공간이다. 청평사의 문에 해당되는 곳이며, 만남과 이별이 이루어지던 곳, 그리고 아쉬움의 술잔과 이별의 정회를 읊던 창작의 공간이었다.

조우인(曺友仁, 1561~1628)은 너럭바위에서 시를 짓는다.

그대 머무르게 잡아두지 못하고 未挽荷衣住
헤어짐에 안타까워하노라 還堪惜別離
잠깐 골짜기 나가는 걸 바라보나니 纔看出洞去
천 갈래 길을 어찌하리오 其奈有千岐

「너럭바위에서 손님을 보내다」란 시다. 조우인은 청평사 주변의 뛰어난 경치 여덟 개에다 하나씩 시를 지어서 의미를 부여했다. 「청평팔영(淸平八詠)」 중의 한 수가 위의 시이다.

너럭바위 바로 옆은 길게 뻗은 소나무 가지가 그늘을 만든다. 눈을 돌리면 폭포가 보인다. 두 갈래로 떨어지는 폭포는 구송정폭포다. 눈을 감으면 폭포 소리와 바람 소리와 새소리가 합창을 한다. 바로 이곳은 청평산에서 첫 번째 만나야하는 공간이다.

너럭바위에 앉아 구송정폭포를 보다 50x65.1cm

와룡담폭포 1

너럭바위에서 감상할 수 있는 두 폭포 이름은 다양하다. 형제폭포라고도 하고, 쌍폭(상하)으로도 불렀다. 서종화의 글을 읽어보자. "구송대의 북쪽에 이층 폭포가 있다. 아래 폭포는 위 폭포에 비해 한 길 정도 작다. 산의 눈이 막 녹기 시작해 계곡의 물이 막 불어나니, 폭포의 물은 세차게 부딪치며 물보라를 내뿜는다. 흐르는 물소리는 마치 흰 용이 뛰어오르며 큰 소리로 으르렁거리는 듯하다. 두 폭포 사이에 용담(龍潭)이 있는데, 웅덩이의 깊이가 얼마나 되는지 알 수 없다. 일찍이 용이 이곳에서 숨어 살았기 때문에 이름 지었다." 서종화는 두 개의 폭포를 아울러 이층폭포라 하고, 위에 있는 폭포 밑에 형성된 물웅덩이를 용담(龍潭)이라고 하였다. 김창협과 정시한뿐만 아니라 안석경도 이곳을 용담으로 기록하고 있다.

정약용은 청평사에서 폭포를 구경하고 네 수의 시를 짓는다. 네 수의 시 중 와룡담(臥龍潭)폭포를 감상해본다.

견고한 절벽은 천연으로 되었고 鐵壁先天鑄
구리함 같은 웅덩이는 정사각형인데 銅函一矩方
새로 내린 비를 다시 보태어 更添新雨力
태화탕(太和湯)을 보글보글 끓여대누나 因沸太和湯
예리함은 산을 뚫고 들어갈 듯하고 銳欲穿山入
시끄러움은 숲을 흔들어 서늘케 하네 喧能撼樹涼
나그네가 흔히 잘못 찾아오나니 遊人多錯過
숲이 가리어 용의 빛을 보호하누나 叢翳護龍光

견고한 절벽으로 이루어진 곳, 정사각형의 물웅덩이, 용의 빛[龍光]이 있는 곳. 어디를 말하는 것일까? 우리가 구송폭포라 부르는 곳을 정약용은 와룡담폭포라 하였다. 그러나 폭포 이름보다 더 중요한 것은 너럭바위와 두 개의 폭포가 어우러지면서 청평산에서 제일 기이한 공간을 만들었다는 것이다. 이곳에서 선인들은 피곤한 몸을 쉬게 하면서 시를 짓고, 속세의 때를 조금이나마 씻어냈으며, 장쾌한 물소리에 현실의 답답함을 날려 보냈다.

와룡담폭포 53x45.5cm

와룡담폭포 2

정시한(丁時翰, 1625~1707)은 「산중일기(山中日記)」에서 “구송정에서 내려가 위와 아래의 폭포와 너럭바위를 감상했다. 무척이나 맑은 기이한 경관으로 산중의 가장 큰 보물이다”라고 하였다. 김창협과 정시한, 그리고 안석경도 이곳을 용담으로 기록하고 있다. 용담 바로 위에 있는 폭포는 그래서 용담폭포라는 명칭이 적절하다. 용담을 와룡담이라 부른 사람도 있었고, 그들은 폭포를 와룡담폭포라 불렀다. 폭포 아래에 시퍼런 물감을 풀어놓은 듯 짙은 색감을 머금고 있어 진짜 용이 살만하다는 생각이 든다.

이세백(李世白)은 「용담폭포(龍潭瀑布)」란 시를 『우사집(雩沙集)』에 기록하였다.

구송정 위에 용담이 있으니 九松亭上是龍潭
연못 밑에 신이한 용이 낮잠을 즐기리라 潭底神龍睡正耽
누가 은하를 천길 물로 거꾸로 흘려서 誰倒銀河千尺水
바위에 물길 내고 하나의 연못물을 만들었는가 却成巖竇一泓湛
높건 낮건 날아 흘러 소리 웅장하며 高下飛流聲較壯
얕건 깊건 붉은 단풍잎 그림자 담아낸다 淺深紅葉影相涵
여산폭포만 오로지 아름답다 할 순 없으리니 廬山未必能專美
시를 지은 이백도 이내 홀로 부끄러워하리라 詩擬青蓮奈獨慙

와룡담폭포 70x134cm

환희령 1

구송정폭포를 지난 길은 숨 가쁜 고개와 이어진다. 고개 아래서 폭포의 우렁찬 소리가 뭉게뭉게 올라오고, 고개 주변 바위에 새겨진 글씨들이 천년 비바람 속에서 고개를 오르는 사람을 반긴다. 청평사는 고려 초에 세워진 천년 사찰이다. 아미타부처님께 귀의한다는 나무아미타불이 깊게 새겨져 있다. 한글로 새겨진 것도 있다. 고졸한 글씨체가 정성스럽다. 뿐만 아니라 이곳을 방문한 사람들과 스님들의 이름도 여기저기에 새겨져 있다. 이 고개의 이름은 환희령이다. 험한 고개를 오르자 절에서 울리는 종소리가 비로소 들리고, 종소리를 들은 사람은 희열을 느낀다. 그래서 고개의 이름이 환희령이다. 환희령 위 바위에 세워진 석탑이 청평계곡을 지키고 있다.

홍세태(洪世泰, 1653~1725)는 환희령에 올라 탑을 바라보고 시를 짓는다. 『유하집(柳下集)』에 실려 있다.

바위 가장자리에 삼 층 석탑 巖頭數層塔
스님 말하길 고려 때부터 있었다고 僧道自前朝
대낮 햇볕 속 외로운 그림자 白日照孤影
온 세상 언제나 조용하구나 諸天恒寂寥

공주탑이라 알려진 이탑은 고려시대 불탑이니 천년을 이렇게 지켜왔다. 탑이 대부분 사찰 법당 앞에 세워지는데 이 탑은 청평사 입구 고개 위 바위에 세워졌다. 이곳을 지나는 사람마다 비원을 뇌이며 성취되길 소망하였다. 간절함은 모든 것을 잊게 한다. 아래의 폭포 소리도 소나무 가지 사이로 지나가는 바람 소리도 잠시 멈춘다.

환희령 90.9x72.7cm

환희령 2

환희령(歡喜嶺)은 잊혀진 고갯길이다. 계곡 건너편 길이 시원하게 뚫리기 전에 오가는 사람들이 흘리던 땀은 삼층석탑을 찾는 몇몇의 사람들의 이마에서만 볼 수 있다. 예전에는 환희령을 넘어야만 청평사에 갈 수 있었다. 고개 정상에 서서 절에서 들려오는 종소리를 듣고 기뻐하며 청평사에 다 왔다고 안심하였다. 그러나 이제는 무심히 지나는 탐방객들의 눈에서 벗어난 지 오래되었다. 건너편에 새로 난 길로 가는 사람은 정상에 서는 기쁨을 느끼지 못한다.　환희령 위에 우뚝 선 삼층석탑은 공주탑이라 부르기도 했다. 보통 탑은 경내에 있는데, 삼층석탑은 계곡 입구까지 나왔다. 기가 빠져나가는 것을 막기 위한 풍수적인 관점이 반영된 탑이다.

구사맹(具思孟, 1531～1604)은 「진산탑(鎭山塔)」이라 시를 지었다.

산의 형세를 누르고 있는 山形鎭壓牢
탑은 바람과 이내에 쌓였네 塔封風煙匝
세상의 흥망성쇠와 상관없이 不管世興衰
우뚝하니 몇 해를 보냈을까 巍然閱幾臘

공주탑 주변 바위에 많은 글씨들이 새겨져 있다. 자신이 왔다갔음을 기념하고자 이름을 새기고 하고, 자신의 비원을 남겼다. 탑을 보면서 소원을 빌고 바위에 새기며 빌었다. 고해(苦海)를 항해하는 방법 중의 하나다. 서종화(徐宗華, 1700~1748)의 「청평산기(淸平山記)」에 "북쪽으로 돌 비탈길을 오르면 바로 환희령(歡喜嶺)이다. 고개 오른쪽 작은 언덕에 오층석탑이 있다."라는 기록이 반갑다.

삼층석탑 60.5x50cm

영지 1

환희령 옛길을 내려와 계곡물을 건너면 새 길과 만난다. 이내 영지가 길 옆에 물을 머금고 있고, 그곳으로 하늘이 내려와 있다. 영지는 청평사 뒷산과 그 곳에 있는 암자가 연못에 비친다 해서 이름 붙었다. “사방이 백보쯤 되고 거울 같은 수면에 바람 한 점 없어 맑은 물결이 반짝반짝 빛나니, 온 산의 봉우리와 구렁은 그림자를 물속에 거꾸러뜨리니, ‘영(影)’으로 이름한 것이 부끄러울 게 없다.”고 양대박(梁大樸, 1543~1592)은 「금강산기행록」에서 말한다.

김창협(金昌協, 1651~1708)은 청평사를 찾아 「영지」를 노래했다.

맑은 못 예로부터 투명하고 깨끗하여 清池萬古只溶溶
물속에 연꽃이 뿌리를 못 붙이네 未許蓮花著水中
하늘이 고운 산봉우리 그림자를 비쳐주니 天遣玉峯來照影
그게 바로 연꽃이라 중이 내게 말하네 僧言卽此是芙蓉

절에 있는 연못을 연지(蓮池)와 영지(影池)로 구분하기도 한다. 연지는 연꽃을 심는 연못을 말한다. 연꽃은 불교를 상징하는 꽃으로, 물에 수련을 심어 극락정토의 모습을 현실세계에서 완상하게 하는 효과를 얻는다. 대부분의 절들이 연지를 조성하고 있다. 영지는 아무 것도 심지 않아 주변 사물의 그림자를 비추도록 한 것이다. 물을 보고 마음을 씻도록 하기 위해서다. 김창협은 못 가운데 부용봉(芙蓉峯) 그림자가 비친다고 덧붙여 설명하고 있다. 수많은 사람들이 청평사를 오가며 연못가에 앉아 물에 비친 부용봉을 바라보거나, 자신을 바라보며 마음을 씻었다.

영지는 주변 사물의 그림자를 비추기 위해 만들어졌지만, 본래의 의도는 다른 곳에 있었다. 물을 보고 마음을 씻기[觀水洗心] 위해서 연꽃을 심지 않았던 것이다. 보우(普雨, 1515～1565)의 시는 영지의 기능을 잘 알려준다.

청평산을 품은 영지 90.9x65.1cm

영지 2

무성한 박달나무 아래에 있으니 扶踈檀樹下
본래의 마음 밝아지는구나 古鏡十分明
그림자가 일렁이자 눈썹 주름 잡히고 影蹙麁眉皺
물결 차가우니 몸은 깨끗해지네 波寒道骨清
연못은 사람 따라 맑아지고 池從人旣淨
마음은 물을 얻어 다시 평온해지네 心得水還平
누가 육근(六根)과 육진(六塵)의 경계를 분별하는가 誰別根塵界
물아(物我)의 마음을 모두 잊어버리네 都忘物我情

보우는 교단을 정비하고 승려 과거제도를 부활시키면서 불교 부흥기를 이끌었다. 그러나 유생들에 의해 '요승(妖僧)'으로 몰려 제주에 유배돼 순교하는 비운을 당했다. 그는 한동안 청평사에서 주지로 있으면서 많은 시를 남기기도 했는데, 「청평팔영」은 이 시기에 지어진 작품이다. 그 중에 「남지조영(南池照影)」은 영지에서 무엇을 찾아야 하는지 일러준다. 불가에서 눈 · 귀 · 코 · 혀 · 몸 · 뜻을 육근(六根)이라 하고, 육근의 대상이 되는 색깔 · 소리 · 냄새 · 맛 · 감각 · 법(法)을 육진(六塵)이 라고 한다. 이 육근과 육진이 서로 작용하여 갖가지 번뇌가 생겨난다고 보고 있다. 보우 스님은 영지의 물을 보고 있으면 마음이 평온해지면서 물아(物我)를 잊는다고 한다. 그것은 오래된 거울인 고경(古鏡), 곧 본래의 마음을 되찾는 것이기도 하다.

영지 60.5x50cm

청평사

청평산 자락에 위치한 청평사는 고려 광종 24년인 973년에 백암선원(白岩禪院)이란 이름으로 창건된다. 그 뒤 폐사 되었다가 1068년 이의(李顗)가 중건하고 보현원(普賢院)이라 하였다. 1089년 그의 아들인 이자현이 벼슬을 버리고 이곳에 은거하자 도적이 없어지고 호랑이와 이리가 자취를 감추었다고 한다. 이에 산이름을 청평산(淸平山)이라 하고 절 이름을 문수원(文殊院)이라 한 뒤, 견성암(見性庵)·양신암(養神庵)·식암(息庵) 등 암자를 짓고 크게 중창하였다. 1327년 원나라 황제 진종(晉宗)의 비가 불경과 재물을 시주하였고, 1367년에 나옹(懶翁)이 복희암에서 2년 동안 머물렀다. 1555년 보우(普雨)가 이곳에 와서 청평사로 개칭하였고, 대부분의 건물을 신축하였다. 2010년 문화재청은 '춘천 청평사 고려선원'을 국가지정문화재인 명승 70호로 지정하게 된다.

이자현의 의해 알려진 청평사는 김시습 때문에 더 입에 오르내리게 된다. 김시습이 청평사로 찾아온 시기에 대해서는 이야기가 분분하다. 그의 문집 여러 곳에 청평사와 관련된 시가 분산되어 등장하는 것으로 보면, 몇 차례에 걸쳐 방문한 것으로 추정되는데, 49세 되던 해에 머문 것으로 추정한다. 그는 청평사로 들어오면서 시를 읊조린다.

나그네 청평사에서 有客清平寺
봄 산 경치 즐기나니 有客清平寺
새 울음에 외론 탑 고요하고 鳥啼孤塔靜
꽃 떨어져 실개울에 흐르네 花落-小溪流

청평사 35x27cm

맛난 나물은 때를 알아 돋아나고 佳菜知時秀
향기론 버섯은 비 맞아 부드럽네 香菌過雨柔
시 흥얼대며 선동(仙洞)에 들어서니 行吟入仙洞
씻은 듯이 사라지는 근심 걱정 消我百年愁

전국을 떠돌아다니던 김시습은 청평사를 찾게 된다. 때는 봄. 그는 새소리 때문에 더 적막한 산 속임을 깨닫게 된다. 사람은 보이질 않고 새소리만 들리는 적막 속에 침묵을 지키고 있는 탑은 김시습의 고독감을 배가시킨다. 더구나 만발했던 꽃은 떨어져 개울 물 위로 떠내려가고 있다. 자신의 신세와 같다고 생각했을까? 봄날이 더 비극적인 나그네는 꽃이 만발하고 있어도 낙화를 생각했을 것이다. 그러나 청평사에 들어와 시간이 조금 흐르자 조금씩 변화된다. 긴장한 시선은 차츰 이완되어 간다. 나물과 버섯의 맛과 향기를 느끼면서 절로 흥얼거린다. 가슴 속에 맺혀있던 고독과 분노, 근심과 회한은 어느새 사라져 버린다. 그 치유의 장소가 청평사가 자리 잡고 있는 선동(仙洞)이다. 선동은 신선들이 사는 곳으로 이해할 수도 있고, 이자현이 은거하던 골짜기가 '선동(仙洞)'이기 때문에 청평산의 계곡으로 볼 수도 있지만, 후자가 더 어울릴 것 같다. 허균은 이 시를 '한껏 한적하다'고 평한 바 있는데, 바로 시의 3~4련을 주목한 평일 것이다.

청평사 61x73cm

서천

정약용(丁若鏞, 1762~1836)은 청평사를 찾아 여러 편의 시를 짓는다. 그 중 폭포에 관한 시가 네 편인데, '서천폭포'가 하나를 차지하고 있다. 예전에도 시가 있다는 것을 알고 있었고, 여러 번 정약용의 시를 읽었다. 그런데 무심히 지나쳤다. 청평계곡에서 폭포는 구송폭포로 알고 있는 와룡담폭포만 있다고 무의식중에 생각을 했던 것 같다. 그러니 아무리 읽어도 서천에 폭포가 있다는 생각을 못한 것이다. 최근에는 '공주탕'이란 안내판이 세워지면서 온통 '공주탕'에만 정신이 팔리게 된 것도 하나의 원인이 될 것이다.

서천의 폭포는 땅을 진동시키고 殷地西川瀑
태을단에선 별에 비를 비는구나 祈星太乙壇
세차게 쏟아지니 천하의 뛰어난 형세요 建瓴天下勢
높은 걸상은 한낮에도 춥구려 危榻日中寒
용꼬리처럼 구불구불 돌아가니 龍尾螺螄轉
술그릇엔 탐하는 짐승이 서려 있는 듯 犧尊饕餮蟠
삼백 가닥으로 나뉘어 흐르지만 分流三百道
결국은 폭포가 된다네 究竟一飛湍

태을단은 하늘에 제사를 지내는 곳이다. 서천에는 지금도 기우제를 지내던 터가 남아있다. 서종화는 「청평산기」에서 "대(臺)의 서쪽에는 이 층의 단(壇)이 있는데, 고을 수령이 기우제를 지내는 곳이다. 정성스럽게 기원하면 종종 감응이 있다고 한다."고 증언해준다.

서천폭포를 잘 묘사한 곳은 경련(頸聯)이다. 서천폭포는 물이 떨어지기 위해서 깊게 패인 고랑을 구불구불 거쳐야 한다. 마치 꿈틀거리는 용을 연상시킨다. 두 가닥 폭포 중 하나는 떨어지면서 바위를 깊게 파서 절구 확을 만들었다. 일명 공주탕이라고 하는 곳이다. 공주탕으로 떨어진 물은 한참동안 빙글빙글 돌다가 아래로 흘러간다.

규모가 작은 것을 보고 이것도 폭포냐고 할지도 모르겠다. 그런데 서천의 묘미는 보는 사람에게 위압감을 줄 정도가 아닌 것에 있다. 아기자기한 변화가 있으며, 부드럽고 그윽한 멋이 서천의 아름다움이고, 서천폭포는 그러한 아름다움을 농축시켜 보여준다.

서천

서천폭포 민선주

서천계곡 76x43cm

선동 1

청평사 세향원에 거처하던 김시습의 발길이 선동(仙洞)에 이르렀다. 「선동」이란 시에서 "가는 길이 굽이굽이 푸른 산에 접했는데, 찬 샘이 거꾸로 떨어지는 소리만 졸졸졸. (중략) 온 저녁 바둑 보다가 돌아갈 걸 잊으니, 천단에 구름 겼어도 학은 아직 아니 왔네."라고 흥얼거린다.

계곡을 따라 올라가면 계곡 오른쪽 높은 바위 위에 적멸보궁이 앉아 있다. 지금의 작은 암자는 후대 사람들이 세운 것인데, 이곳에 이자현이 은거하던 식암(息庵)이 있었다. 매월당은 「식암연야(息菴練若)」를 남긴다.

식암이 구름 낀 푸른 절벽에 있으니 寺在煙霞翠壁間
벼랑을 뚫어내어 구름 가에 지었네 懸崖開鑿架雲端
바람은 소나무에 불다 경쇠 흔들고 風磨松檜搖淸磬
달은 그물과 작은 난간 비추는구나 月映罘罳壓小欄
시비를 한다 해도 어디 쓸 것이며 是是非非將底用
부지런히 애쓴들 무슨 꼴이 되랴 營營碌碌竟何顏
선동(仙洞) 소나무 창 아래 앉아서 不如仙洞松窓下
황정경 내외편을 자세히 보리라 兩卷黃庭仔細看

김시습에 대해서 유교와 불교 그리고 문학 방면으로 연구된 바가 많았으나, 도교 쪽으로는 그다지 다루어지지 않았다. 그러나 그의 수련 행적 및 도교사상은 『매월당시집(梅月堂詩集)』에서 찾아볼 수 있다. 시에 등장하는 '황정경(黃庭經)'은 내단학 계통의 기본 경전이다. 이를 통해 그가 도교에 관심을 가졌음을 알 수 있다. 이밖에도 시 속에 사용된 수많은 도교적인 언어들도 도교와의 친연성을 알려준다. 한국도교사에서 그를 주목하는 이유는 고려 중엽 이후 조선 초기까지의 공백기를 깨고 선도의 맥을 다시 이었을 뿐만 아니라, 그것을 후학들에게 계승시켜 조선 중기 단학파의 발흥을 가져오게 했다는 사실에 있다. 김시습은 비록 유학자로서 입신양명하지는 못하였으나 불승(佛僧)으로서, 혹은 도인으로서 누구보다도 자유로운 정신세계를 노닐다 간 경계 바깥의 방랑자였다.

선동 92x72.7cm

선동 2

청평사에서 계곡을 따라 올라가면 해탈문이 보이고, 이곳을 통과하면 두 계곡이 만난다. 오른쪽 계곡이 선동(仙洞)이다. 명찰(明詧) 스님은 「청평사선동(淸平寺仙洞)」이란 시에서 이렇게 노래한다.

비갠 후 하늘은 더더욱 아름답고 霽後諸天秀色封
한가한 맛 이 때 무르익는다 말하네 道人閑味此時濃
저물녘 문 걸면 바람은 나무에 머물고 凌昏閉戶風停樹
새벽되어 창 열면 달은 봉우리에 숨는다 待曉開囱月隱峯
응당 좋은 소식 있어 손님 맞으면 좋겠지만 應有清音迎客好
그윽한 홍취로 찬 소나무에 기대니 만 못하네 不堪幽興倚寒松
고요히 다시 선지(禪志)를 즐기니 寂寥更引安禪志
구름은 무심히 하늘을 지나네 雲自無心過碧空

계곡으로 들어가면서 오른쪽 바위를 유심히 봐야한다. '청평선동(淸平仙洞)'이 새겨져있기 때문이다. 가파른 등산로 옆 바위 높은 곳에 새겨져 있어 지나치는 경우가 대부분이다. 박장원은 「유청평산기」에서 "길 옆 돌 표면에 또 청평선동(淸平仙洞)이라고 새진 네 글자가 있는데, 자체(字體)는 선동식암(仙洞息菴)의 글자와 같다."고 증언해준다. 글씨 주변엔 푸른 이끼가 듬성듬성 나 있다. 바위와 같이 검은 회색의 새겨진 글자는 오랜 세월 비바람을 온몸으로 견뎌내었음을 여실히 보여준다. 언제부터인가 바위와 한 몸이 되어 버렸다. 이 글씨는 청평선동의 주인이 이자현임을 보여준다.

선동 식암폭포　70x112cm

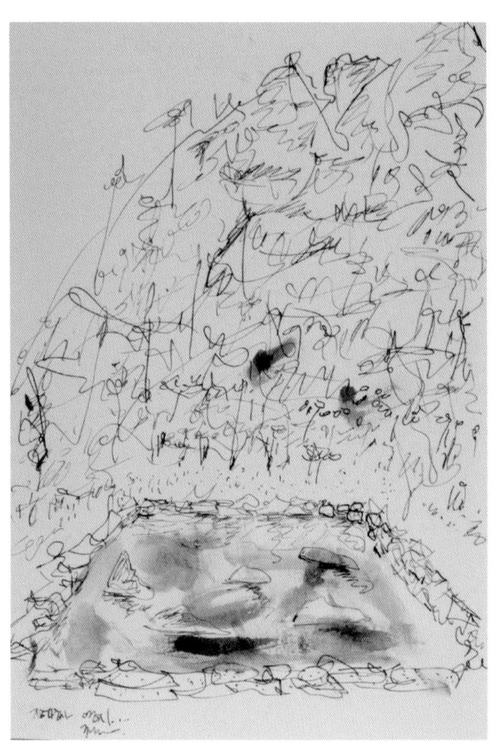

청평사 삼층석탑과 영지   김준철

선동입구 70x134cm

선동 3

청평산을 대표하는 '청평팔경'을 꼽을 때 사람마다 차이가 조금씩 있지만 선동(仙洞)은 빠지지 않는다. 서종화는 선동(仙洞)이 제일이라고 격찬한다. 매월당 김시습은 '선동에서 약을 캐다[采藥仙洞]'를 춘천의 10경치 중의 하나로 꼽았다. 보우(普雨, ?~1565)는 「선동심유(仙洞尋幽)」로 선동을 노래했다.

신선이 사는 곳 어디인가 仙境知何處
숲 사이로 지팡이 끌고 찾아가네 林間曳杖尋
이끼 낀 소나무 길 미끄럽고 苔卦松逕滑
꽃 만발한 계곡 입구 깊기만 하네 花積洞門深
구름 때문에 어두워 산은 늘 젖어있고 雲暝山常潤
봉우리 휘도니 계곡은 절로 그늘졌네 峰回谷自陰
새겨진 청평선동 네 글자 보고 감동하여 感看鐫四字
과거와 현재, 그리고 미래를 잊게 되네 忘却去來今

선동은 청평산에서 독특한 공간이다. 선동 식암은 이자현이 머물며 수도하는 공간이었다. 식암은 고니알처럼 생겨서 무릎을 구부려야할 정도의 협소하였지만 어떤 때는 홀로 앉아서 밤이 깊도록 자지 않았으며, 어떤 때는 반석 위에서 하루가 지나도록 돌아오지 아니하기도 하였다. 어떤 때는 입정(入定)하였다가 7일 만에 나오기도 하였다. 일찍이 문인에게 말하기를, "내가 대장경을 다 읽고 여러 서적을 두루 보았으나, 『능엄경』을 제일로 치니, 이는 마음의 근본을 새겨주고 중요한 방법을 발명한 것인데, 선학(禪學)을 공부하는 사람이 이것을 읽는 사람이 없으니, 진실로 한탄할 일이다."하고 드디어 제자들에게 이것을 공부하게 하니, 배우는 자들이 점점 많아졌다. 선동은 속세의 들끓는 욕망이 사라진 곳이다. 이곳에 서면 시간의 노예로 사는 일상인의 경계를 넘어선다.

청평선동

식암

선동계곡을 따라 올라가다가 오른쪽으로 올려다보면 식암터가 있다. 산 정상만을 생각하며 부지런히 걷는 사람은 지나칠 수도 있을 정도로 조용히 있다. 김상헌은 "식암은 둥글기가 고니의 알과 같아서 겨우 두 무릎을 구부려야 앉을 수가 있는데, 그 속에 묵묵히 앉아 있으면서 몇 달 동안 나오지 않았다."라고 옛 전적을 인용하면서, 지금의 작은 암자는 바로 후대 사람들이 세운 것이라고 말한다. 김상헌이 찾을 당시에 이자현이 거처하던 형태는 사라지고, 새롭게 지은 암자가 김상현을 맞이한 것이다. 이자현이 여기서 수도하였다. 식암 옆 바위에 청평식암(清平息庵)이라 새겨진 글자가 천년의 세월을 뛰어 넘어 또렷하다. 김상헌은 "암자 뒤의 석벽(石壁)에는 '청평식암(清平息庵)'이라는 네 개의 큰 글자가 새겨져 있었는데, 진락공(眞樂公 이자현(李資玄)의 글씨라고 한다"고 알려준다. 정갈하며 힘 있는 해서체의 자획은 이자현의 굳은 의지를 보는 듯하다.

김창협(金昌協, 1651~1708)은 이곳에 들렀다가 「식암(息菴)」이란 시를 짓는다.

채찍 들어 구불구불 비탈 오르니 抗策躡回磴
첩첩 돌 위에 위태롭게 매달린 암자 危構架疊石
고사(高士)가 은둔하던 곳이었기에 高人棲遯處
한없이 감탄스럽네 感歎未云極
그늘진 방엔 덩굴이 얽혀 있고 陰房綴薜荔
돌 틈 새 물방울 똑똑 떨어지네 幽竇溜涓滴

옛 고니 알은 볼 수 없어도 不見鵠卵舊
가부좌 튼 그분 모습 상상할 수 있네 猶想跏趺跡
지난날 벼슬살이 그만둔 뜻은 向來掛冠意
아마도 참선이 좋아서였으리라 不亦耽禪寂
아니라면 어이하여 골방 안에서 云何維摩室
홀로 앉아 면벽수행 했을까 獨面少林壁
지금도 불가의 승려들 사이 至今空門內
오로지 지관 공부 전해온다네 唯傳止觀力
예로부터 불경에 깃든 참 진리는 自古有寄託
아득하여 끝내 헤아릴 수 없다네 沈冥竟焉測

부도

청평산 신승복

식암 100x80cm

이자현

산은 높지 않아도 신선이 살면 명산이 된다는 말이 있다. 아무리 높고 웅장한 산이라도 신선이 없으면 여느 산과 별 차이가 없다는 뜻이다. 청평산은 전국에 널리 알려진 명산이다. 청평산이 알려진 이유는 경치가 뛰어나서가 아니라, 뛰어난 선비가 머물렀던 자취가 유독 많아서다.

이자현은 1089년에 벼슬을 버리고 세상을 피하여 다니다가 임진강을 건너면서 다시는 서울에 들어가지 아니하리라 작심하였다. 그는 37년간 청평산에서 거주하였다. 그의 학문은 공부하지 않은 것이 없었으나, 깊이 불교의 이치를 연구하였고, 특히 참선을 좋아하였다. 청평산이라는 이름 자체가 이자현과 관련된 것이며, 청평산과 청평사가 전국에 이름을 떨치게 된 것도 온전히 이자현 때문이다. 여기에 청평산을 지나면서 이자현을 위해 지은 이황의 시 「청평산을 지나다 느낌이 일어」는 이자현의 명성에 향기를 더하게 했다. 그는 '이자현처럼 명성과 부귀를 신을 벗듯 떨치고 화려한 생활에서 몸을 빼치 고 원망하거나 뉘우침이 없이 끝까지 변하지 않은 자는 절대로 없거나 아주 드물 것이니, 역시 높일 만하지 않겠는가'라며 시를 짓는다.

산협 사이 감도는 물 잔도는 구불구불 峽束江盤棧道傾
홀연히 구름 밖에 맑은 시내 흐르네 忽逢雲外出溪清
지금까지 사람들이 여산사를 말하는데 至今人說廬山社
이곳에서 그대는 곡구 밭을 갈았다네 是處君爲谷口耕
허공 가득 하얀 달에 그대 기상 남았는데 白月滿空餘素抱
맑은 이내처럼 자취 없이 헛된 영화 버렸구나 晴嵐無跡遣浮榮
우리나라 은일전(隱逸傳)을 누가 지어 전하려나 東韓隱逸誰修傳
조그만 흠 꼬집어서 흰 구슬을 타박 말라 莫指微疵屏白珩

이후 조선의 선비들은 이자현의 은거를 찬양하였고, 춘천 부근을 지날 때면 반드시 청평산을 찾아서 시를 남기곤 했다. 시뿐만 아니라 청평산을 유람하고 남긴 유산기도 다른 산에 비해 양적으로 많게 된 것도 이자현 때문이었다.

峽東江盤棧道傾
忽逢雲外出溪清
至今人說盧山社
是處君爲谷口耕
白月淵空餘素抱
晴嵐無蹟遣浮榮
東韓隱逸誰修傳

이자현 72x32cm

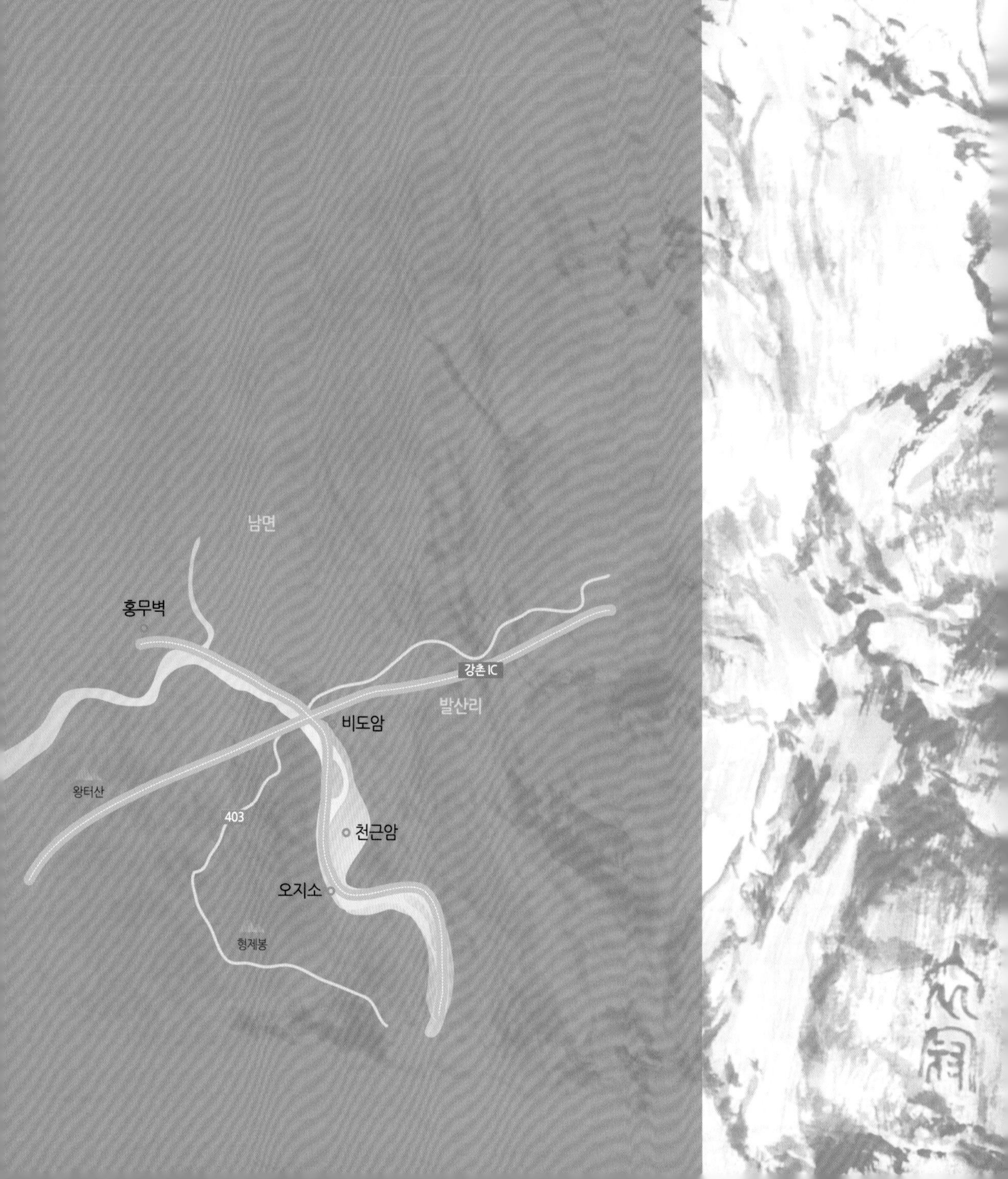
남면
홍무벽
강촌 IC
발산리
비도암
왕터산
403
천근암
오지소
형제봉

시가 흐르는 홍천강

홍무벽

가정리 홍천강가에 '기봉강역홍무의관(箕封疆域洪武衣冠)'이란 글씨가 새겨진 바위가 있다. 여덟 자로 이루어진 글씨는 '기자가 봉해졌던 영토이고, 홍무 때의 의관 곧 명나라의 문물제도'를 의미한다. 이 바위를 홍무벽이라 한다.

홍무벽은 유중교(柳重敎, 1832～1893)가 바위에 글자를 새김으로써 시작되었다. 그의 나이 54세인 1885년에 가정리 입구 바위벽에 스승인 화서 이항로가 남긴 8글자를 전서체로 새기고 시를 지었다. "깊은 생각을 커다란 바위에 옮겨 새기니[幽懷輸與穹巖面] / 상전벽해를 겪고도 영원히 닳지 않기를[閱歷滄桑永不磨]"이란 구절이 보인다.

홍무벽이 만들어지자 후인들은 홍무벽을 노래하기 시작했다. 유인석(柳麟錫, 1842～1915)은 을미년인 1895년에 「홍무벽가(洪武壁歌)」를 지으며 그 의미를 되새겼다.

우주 공간에 우뚝 선 홍무벽(洪武壁) 洪武壁屹然宇宙間
춘천의 남쪽 가정리 동네 어귀 홍천강 굽이에 있고 左海壽春州南柯亭洞口綠江灣
서쪽으로 일백이십 리 조종천 물가 산은 높은데 西指二舍朝宗川上山峩峩
홍무황제 제단이 여기에 있네 有我洪武皇帝神享壇
중국 땅 꺼진지 삼백년 神州陸沈三百年
홍무(洪武)의 천지는 이 강산이어서 洪武乾坤此江山
벽 위에서 홍무의 해와 달이 비추어보고 壁上臨洪武日月
벽 아래서 홍무의관 입고 추창하네 壁下趨洪武衣冠
기자가 봉해진 땅에서 홍무의관(洪武衣冠) 왜 특별한가 洪武衣冠奚特乎箕子封疆域
여기서 황극의 지극한 이치 밝힌 것 징험하여 볼 수 있어서네 所明皇極至理于此可驗觀
기봉강역홍무의관 옛날 스승께서 바위에 새겼는데 箕封疆域洪武衣冠雙聯語昔我師鐫壁
홍무벽 앞에서 술 돌리고 배회하네 壁前行酒且盤桓

홍무벽　40x34cm

근래 동서의 요망한 기운 갈수록 심해져서 年來東西氛祲漸大揚
기자 강토의 푸른 잎 모두 시들어 버리듯 箕封一葉靑幷此盡凋傷
홍무의관 그림자도 사라지나니 洪武衣冠影隨絶
나는 취해 미친 사람처럼 벽 앞에서 울부짖노라 我向壁前呼號如醉狂
내 5백년이면 왕자가 일어난다 들었으니 我亦聞之五百年必有王者興
중원(中原)에 홍무대왕 다시 일어선다면 中原洪武大聖倘復挺
홍무의관 떨쳐입고 날마다 서쪽 바라보며 我裝衣冠日望西
홍무벽의 노래 끝없이 부르리 洪武壁歌歌更永

앞부분에선 홍무벽의 위치와 의미를 그리고 있다. 홍무벽은 조종에 있는 제단에 필적할 만큼 중요한 곳이라 평가하고 있다. 우주 공간에 우뚝 섰다는 구절은 홍무벽의 중요성을 다시 강조하는 표현이다.

우리나라에 대한 자부심도 읽을 수 있다. 중국은 이미 망하여 문물이 사라졌으나 조선 땅은 중국의 문물을 계승하고 있기 때문이다. 기자가 봉해진 땅에서 홍무의관(洪武衣冠)이 중요한 이유도 밝히고 있는데, 황극(皇極)의 이치를 여기서 볼 수 있어서라고 말한다. 황극이란 황제가 나라를 다스리는데 표준이 될 만한, 한쪽으로 치우치지 않는 바른 법을 의미한다. 여기에 그 표준이 있다고 생각한 것이다. 그렇기 때문에 홍무벽에 '기봉강역홍무의관'을 새긴 것이다.

현실의 아픔을 토로하기도 한다. 주변의 오랑캐들 때문에 자랑할 만한 중화의 문물이 사라져가는 현실 앞에서 의암은 울부짖는다. 그러나 힘겨운 현실 앞에서 좌절하지 않고 희망을 노래한다. 비록 어려운 상황이지만 중원이 부흥한다면 홍무의관을 입고 감격의 노래를 부르겠노라 다짐한다. 홍무벽 아래서 중화의 문물을 다시 일으켜 세우겠다는 의지가 잘 형상화되었다.

비도암

조선말 의복제도는 변복령(變服令)에 의해 여러 차례 바뀌어 갔다. 1895년에 공포된 을미변복령에 의해 옷 색깔이 백색에서 흑색으로 변하게 되자 유생들은 조선의 자주성을 해치는 망국 행위로 인식하였다. 1895년 3월에 공사예복을 다시 개정하였다. 공사예복에서 소매가 달리지 않은 포(袍)의 착용을 금하였고 입궐 때에만 사모 · 목화 · 사대를 착용케 하였다. 또한 관민이 다 같이 흑색의 두루마기를 입도록 하였다.

유인석은 을미변복령이 반포된 뒤 다음과 같은 입장을 표명하였다.

> 아! 너무나 슬픕니다. 사천년 화하(華夏)의 정맥과 이천년 공맹의 대도(大道)와 우리나라의 오백년 예악(禮樂)의 전형(典型)과 집집마다 수십 세대 의복의 법도가 지금 끊어지게 되었습니다. 독서하는 선비된 자들은 어떻게 처신해야 좋겠습니까? 선비가 지켜야 할 것은 선왕의 도를 지키는 것입니다. 선왕의 법복(法服)이 아니거든 그것을 입지 않으며 선왕의 법언(法言)이 아니거든 그것을 말하지 않으며, 선왕의 법행(法行)이 아니거든 그것을 행하지 않아야 합니다. 지금 선왕의 법복이 바뀌었으니, 이는 그 지킴을 잃는 것입니다. 그 지킴을 잃었으니, 어찌 선비라고 할 수 있겠습니까?

'사천년 화하(華夏)의 정맥과 이천년 공맹의 대도와 우리나라의 오백년 예악(禮樂)의 전형(典型)과 집집마다 수십 세대 의복의 법도'는 다름 아닌 문명(文明)이며 오랑캐와 구별되는 중요한 요소다.

비(賁)는 꾸밈으로 풀이된다. "사물이 합하면 반드시 문채가 있으니, 문(文)은 바로 꾸밈이다. 사람이 모이면 위엄이 있는 몸가짐이나 차림새와 상하의 구분이 있고 사물이 모이면 차례와 서열이 있어서 합하면 반드시 문(文)이 있다"는 설명이 이를 설명해준다. 홍천강가에 있는 비도암(賁道巖)은 이러한 의미를 지니고 있다.

유인석은 비도암을 이렇게 노래했다.

비도암 70x35cm

오랜 바위 옆에 물 흐르고 꽃 피니 水流花發古巖邊
어떤 것인들 비도(賁道)가 아니랴 何物非夫賁道然
다름 아닌 이곳이 진경이니 眞境無他斯卽在
지팡이 짚고서 자연 속을 즐기노라 倚笻隨意弄風烟

천근암

양에서 음으로 가는 소(消)와, 음에서 양으로 가는 식(息)은 천지의 시운(時運)이 바뀌어가는 음양소식(陰陽消息)이다. 세계가 음양으로 이루어져 있어서 달이 차면 기울 듯, 또한 기울면 다시 찰 날이 있다. 지금의 현실도 지속되는 것이 아니라 언젠가 극에 달하면 반전하게 된다. 사계절은 음기와 양기의 성쇠에 따른 기후의 변화 양상이다. 양기가 처음 일어나면 봄이고, 양기가 왕성해지면 여름이고, 음기가 일어나면 가을이고, 음기가 왕성하면 겨울이다. 춘하추동은 이렇게 매년 순환하며 반복된다.

유인석은 「천근암(天根巖)의 노래」에서 복괘(復卦)를 언급한다. '복(復)'은 '돌아온다'는 뜻인데, 본래 상태로 회복됨을 의미한다. 이것은 극에 달하면 아래로 돌아와 다시 생하는 이치에 근거한 것으로 나무 열매 속에 들어있던 씨앗이 땅에 떨어져 새로운 생명으로 변하는 상황으로 비유될 수 있다. "음기가 쌓여 있는 속에 양기 하나가 돌아와 다시 생하는 데에서, 천지가 끊임없이 만물을 낳으려는 마음을 볼 수 있다."는 말을 믿고 어려움을 극복하려는 마음을 읽을 수 있다.

천근암(天根巖)에 올라가서 목청껏 노래하니 天根巖上放高歌

노래는 스승의 노래 뜻이 깊어라 歌是我師歌意多

바위는 가정촌(柯亭村) 동쪽 巖在柯亭村東

작봉산(雀鳳山) 남쪽 귀퉁이에 있네 雀鳳山南阿

우뚝 솟음이여 屹然

푸르름이여 復蒼然

땅 속에 뿌리박고 하늘에 솟아서 根盤地中天立作

천근암 개벽 이래로 있었네 天根開闢以來年

아, 옛날이로다. 북방의 찬바람 중원에 미치더니 吁戲昔焉漢北寒雲漲華州

동서로 이어져 찬 기운 청구(青邱)에 이르러 繼之東西冷氛及青邱

광풍이 불어 닥치고 하염없이 눈이 내려 終風且曀雪霏霏

세계의 음의 기운 땅 끝까지 지극하니 世界陰極地盡頭

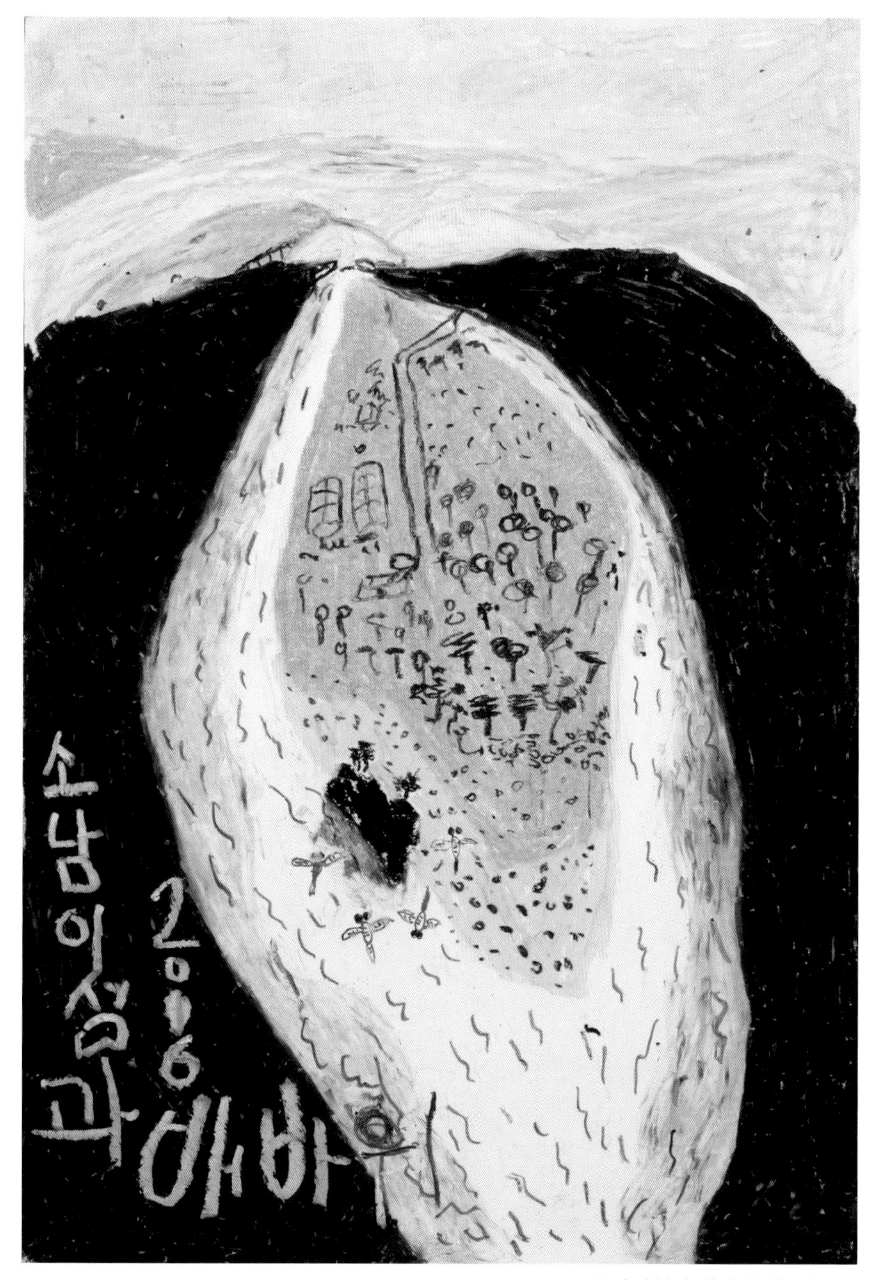

소남이섬과 배바위 27x35cm

지극한 음에 양이 없다 하지를 말라 不爲無陽於極陰
복괘(復卦)에서 천지의 마음을 볼 수 있네 來復曰見天地心
스승의 노래 뜻이 이러하니 我師歌意爲如斯
오늘도 나는 천근암에서 노래 부르네 我到巖前歌又今

천근암 김남덕

천근암 136x72cm

오지소

『대학(大學)』은 정치의 기초는 밝은 덕을 밝히는 것이며, 백성을 새롭게 하고, 지어지선(止於至善)을 실천하는데 있다고 말한다. 지선(至善)의 극치에서 멈출 줄 알아야 뜻을 정할 수 있고, 뜻을 정해야 마음의 고요를 찾으며, 마음의 고요를 얻어야 평안하여 비로소 생각하고, 그 다음 능히 얻을 수 있다. 모든 일에 본말이 있으며 시종이 있은 뒤에 도에 가까워진다. 즉 목적을 달성하기 위해서는 최선의 극치에서 멈출 줄 알아야 한다는 것이다.

지선은 사리(事理)가 당연(當然)한 것의 끝이다. 명덕을 밝히는 것과 백성을 새롭게 하는 것이 지선에 이르러 머무를 때, 나와 지선(至善)이 하나가 되어 지선이 내 마음에 있는 것이 명덕이 되고, 명덕이 사물에 나타난 것이 지선이 된다. 그렇지 않으면 나는 나요, 지선은 지선이 되어 나와 지선이 무관하게 된다.

지선에 머무르기 위해서는 반드시 먼저 지선에 이르러야 한다. 아직 이르지 못하였다면 반드시 이르기를 구하여야 하며, 이미 이르렀을 때에는 이른 것을 고수하여 다른 곳으로 이동하지 않는 것이 참다운 머무름이다

유인석의 「오지소(吾止沼)」란 시에서 걸음이 멎는 곳을 '지어지선(止於至善)'으로 풀이해야 의암의 의도에 맞을 것 같다.

못 이름 오지소(吾止沼)라 걸음 멎게 하니 沼名吾止止吾行
사람과 장소 마땅해 정신이 편안해지네 人與境宜安性靈
밤중에 창가에 앉자 밝은 달 비쳐들고 坐夜蓬窓明月到
고요한 산 속에 물소리는 잠잠하네 山容皆靜水無聲

오지소 37x34cm

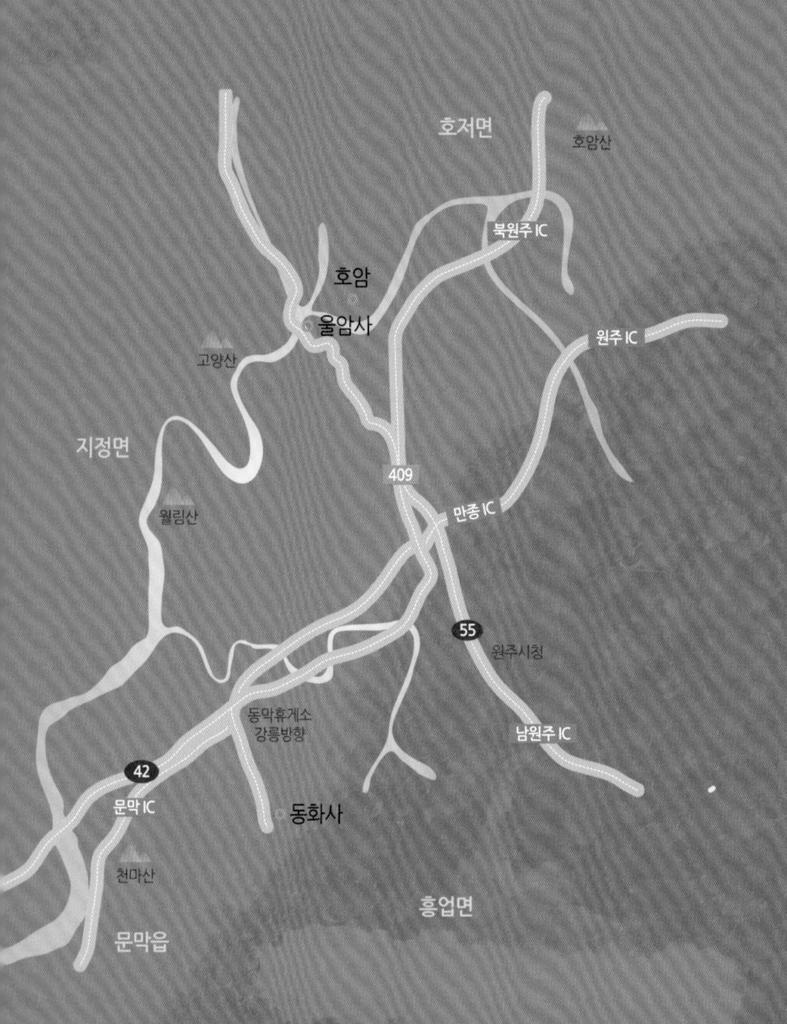

호저면
호암산
북원주 IC
호암
울암사
고양산
원주 IC
지정면
409
월림산
만종 IC
55
원주시청
동막휴게소
강릉방향
남원주 IC
42
문막 IC
동화사
천마산
흥업면
문막읍

치악산을 찾아서

동화사 1

동화사 속으로 53x73cm

세조 6년인 1460년 봄. 김시습의 발길은 여주를 거쳐 원주 땅에 닿았다. 왕위찬탈에 주도적인 역할을 했던 사람들은 요직을 독점하며 출세가도를 달리고 정국은 잔잔한 바다처럼 안정되었다. 이러한 세상을 바라보는 것은 고통이었다. 그가 구름처럼 떠도는 이유 중의 하나는 끓어오르는 마음을 진정시키기 위함이었다. 지팡이를 벗 삼아 전국을 떠돌며 날카로운 마음을 다독여야만 했다.

문막읍을 지나다가 북동쪽으로 3km 떨어진 동화2리로 접어들었다. 마을을 통과해 골짜기로 한참 들어서자 동화사가 기다린다. 김시습은 하룻밤 머물며 「동화사에서 묵으며」를 남겼다.

동화 마을 산 높아 하늘에 꽂혔는데 桐花之山高挿天
동화사 오랜 절 구름 위에 떠 있네 桐花古寺浮雲煙
산 속의 늙은 중 스스로 흥에 겨워 山中老僧自有趣
푸른 산에 솟는 구름 누워서 보네 臥看白雲生翠巓

명봉산 깊은 골짜기에 위치한 동화사는 늘 구름이 머물러 구름 위에 떠있는 듯하다. 실상은 그렇지 않더라도 김시습의 눈에는 그렇게 보였다. 동화사 스님은 가치가 전도된 속세의 일을 모르는 듯 구름 속에 누워 산 위에 떠 있는 구름을 망연히 바라보고 있는 것이 아닌가. 동화사 스님은 김시습이다. 아니 김시습은 그렇게 되고 싶었을 것이다. 현실에 대한 불만을 씻어내고 구름이 되고 싶었다.

동화사 속으로 53x73cm

동화사 2

아지랑이는 피어오르면서 만물을 깨운다. 겨우내 긴 잠을 자고 있던 살구나무는 아지랑이의 간지럼 때문에 참지 못하고 꽃을 피운다. 성급한 매화는 꽃을 떨구고 열매를 맺는다. 산골짜기의 얼음도 몸을 풀고 흘러내린다. 미나리는 푸릇푸릇 돋아나고 밥상 위에서 봄 냄새를 풍긴다. 김시습은 봄 한 가운데서 생동하는 기운을 온 몸으로 느꼈다.

온화한 봄날 따뜻하여 마음에 들고 怡怡春日煖可人
산 살구 꽃잎 토하고 매화 열매 맺는구나 山杏吐萼梅始仁
산골 물 미나리 싹 가늘기 실 같아 澗底芹芽嫩如絲
뜯고 뜯어 점심 마련하니 채소밥상 새롭네 采采行廚蔬盤新

만 리 길 떠돌다 보니 가을 지나 다시 봄 遨遊萬里秋復春
들 새 우는 곳에 산 꽃 따라 피었네 野鳥啼處山花嚬
동쪽 바라보니 푸른 산 파란 하늘에 솟았는데 東望青峯倚碧天
흐릿한 기운 속 짙푸르고 하늘에 우뚝하네 嵐光滴翠空嶙峋

이 시만 보면 김시습의 울분을, 그리고 고뇌를 읽을 수 없다. 봄날은 외로운 방외인의 마음까지도 따뜻하게 품어주었다. 잠시나마 그는 봄의 축복 속에서 눈과 귀를 자연의 변화에 맡겼다. 들판에서 새가 울자 새 소리에 놀라 산에 꽃이 핀다. 아마도 진달래꽃이었을 것이다. 동화사를 품고 있는 푸른 산은 바야흐로 진달래를 따라 붉어지는 중이다.

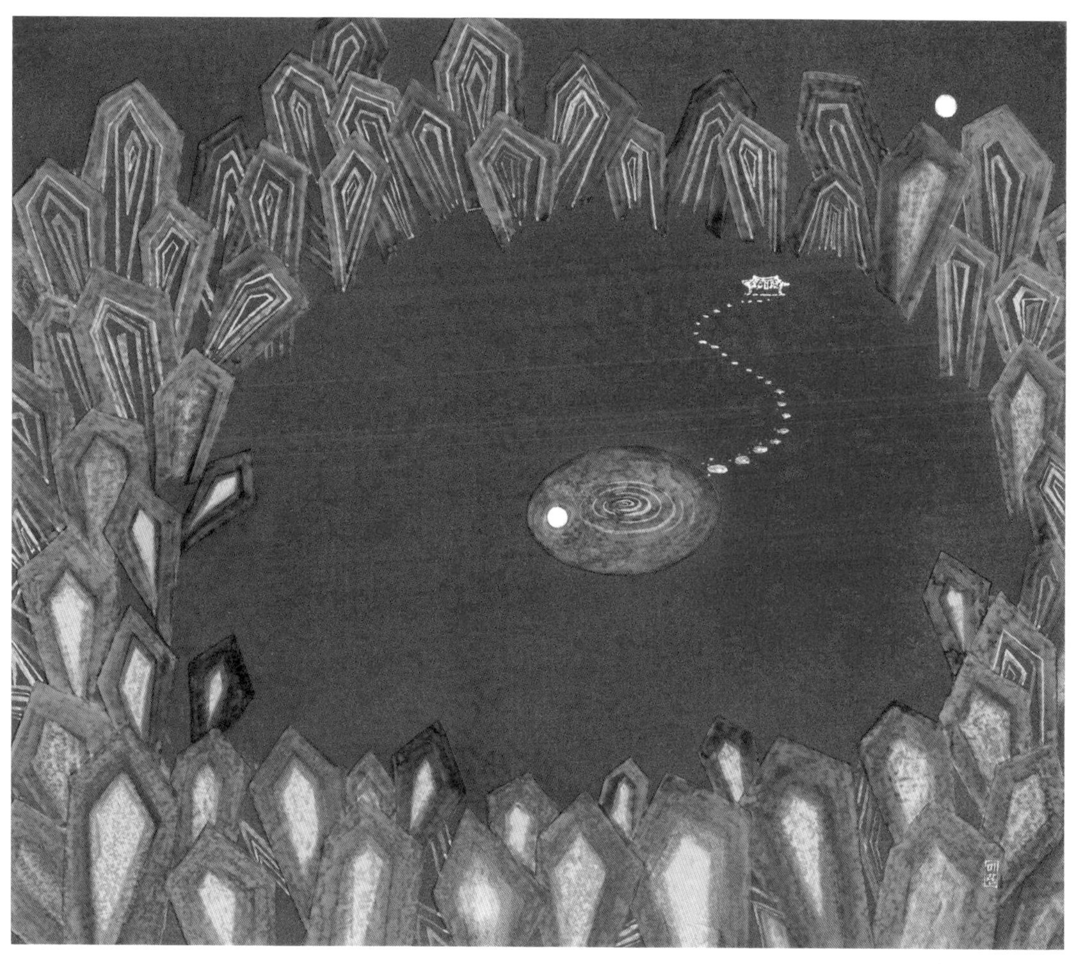

동화사 60x56cm

동화사 3

1459년 말에 김시습은 『원각경(圓覺經)』을 읽었다. 화엄의 진리를 기초로 하면서 절대 각성의 등불을 높이 들어 상중하 근기를 전부 고려하고 깨달음과 수행을 모두 구비했다고 한다. 또한 그는 겨울에 고승에게서 불경의 강해를 듣고 불교의 진리를 더 정밀하게 이해하였다. 세상이 다르게 보였을 것이다. 「동화사에서 묵으며」 마지막 부분은 이렇다.

세상의 모든 일 한바탕 봄 꿈 世間萬事屬春夢
내 오대산 향해 은자 찾으러 가리 我向五臺尋隱淪
하늘 보며 크게 웃고 호연하게 떠나가니 仰天大笑浩然去
나 같은 이가 어찌 하찮은 사람이랴 我輩豈是蟲臂人

권력을 잡기 위해 인륜을 저버리고 싸우는 현실은 일장춘몽이다. 덧없다. 현실을 초탈한 나와 벗하여 이야기를 나눌 사람은 고승들뿐이다. 동화사에서 한바탕 회포를 풀었으니 다음 행선지는 오대산 월정사다. 김시습은 서울에서 원주로 향하다가 도미협(渡迷峽)에서 이렇게 노래한 바 있다.

"나 같은 사람은 본디 맑고도 호탕한 사람, 만 리를 집으로 삼으니 마음이 넓고도 넓네"

이십대의 김시습은 현실의 욕망에서 벗어난 자만이 누릴 수 있는 경지에서 노닐고 있었고, 벗을 찾아 또 길을 나섰다.

동화사에 오르며

울암사

우리나라 문학사에서 조선중기 한문 4대가를 가리켜 월상계택(月象谿澤)이라 한다. 월사(月沙) 이정구, 상촌(象村) 신흠, 계곡(谿谷) 장유, 택당(澤堂) 이식을 말한다. 이 중에서도 이식은 장유와 더불어 당대 최고의 문장을 자랑했다.

택당(澤堂) 이식(李植, 1584~1647)은 광해군 때 인목대비 폐모론이 일어나자 벼슬을 버리고 낙향해 경기도 양동에 택풍당(澤風堂)를 짓고 은둔의 삶을 살았다. 택풍(澤風)은 '독립불구 둔세무민(獨立不懼 遯世无悶)' 즉 '홀로 서 있어도 두려워하지 않고 세상을 피해 살면서도 걱정하지 않는다'는 뜻의 괘인데, 마음과 뜻에 꼭 들어맞는다고 여겨 당호로 삼았다.

양평군 양동과 원주 섬강 암벽 꼭대기에 있는 울암사(鬱巖寺)는 고개 하나를 사이에 둔 가까운 곳이다. 주지인 혜종(惠宗)과 교분을 맺어서 화창한 계절 날씨가 좋은 때면 매번 홍에 겨워 걸어서 찾곤 하였다. 그리고는 번번이 노래하고 읊으면서 돌아갈 줄을 몰랐는데, 이렇게 해서 그동안 읊은 시가 30여 편이나 되었다. 올해에 들어서만도 벌써 두세 차례나 절을 찾았다. 울암사에서 시를 지어 함께 노닌 이들에게 보여준다.

지척에 무릉도원 뛰어난 경치 있건만 咫尺花源境
길 가는 이들은 도무지 알지를 못하네 行人摠不知
조랑말 잠깐 멈춘 깊은 숲 속에 林深停客騎
스님들 한낮에 바둑돌 놓는 소리 日午響僧棊
골짜기 따스해서 얼음장 다 풀리고 暖谷春澌盡
맑게 갠 처마엔 다정스럽게 지지배배 晴簷鳥語宜
이번 유람 그윽하고 맑기 그지없어 斯遊最清奥
사흘 밤 묵어도 늦는다 불평 없네 三宿未嫌遲

울암사 주변의 산과 강을 보지 않은 사람은 이곳의 아름다움을 알지 못한다. 울암사 높은 곳에서 흐르는 강을 바라보면 선경이 따로 없다. 이식은 강물을 바라보다 저절로 시 한 수를 완성시켰다. "아스라이 천 길 아래 굽어보는 곳 / 기대도 볼 만하고 앉아도 볼 만하네 / 스님이 게송을 읊을 때마다 / 바위 위에 우수수 떨어지는 송홧가루" 게송을 읊는 순간 스님과 자연은 하나가 된다. 이런 곳을 유람하고 싶다. 이런 곳을 거닌다면 며칠 밤을 묵어도 시간 가는 줄 모를 것이다.

송화가루 흩날리며 45.5x53cm

호암

원주시 지정면의 간현은 송강 정철의 발길이 닿은 곳이다. 그는 "섬강(蟾江)은 어듸메오 티악(雉岳)이 여기로다"라며 「관동별곡」 속으로 이곳을 끌어들였다. 간현은 섬강의 푸른 강물과 넓은 백사장, 그리고 우뚝한 바위산이 병풍처럼 에워싸고 있다. 섬강은 횡성군 청일면 봉복산 서쪽 계곡에서 발원하여 남서쪽으로 흐르다가 태기산에서 발원한 물과 만나면서 긴 여정을 시작한다. 횡성읍을 지나고 원주시를 통과한 후 문막평야를 만든 뒤 남한강으로 흘러든다. 간현 유원지 부근에 두꺼비 모양의 바위가 있어서 섬강(蟾江)이라 부르게 되었다고 한다. 그런데 다른 설이 더 설득력 있어 보인다. 간현에서 약 3~4km 거슬러 올라가면 달내, 곧 월천(月川) 또는 월뢰(月瀨)가 있고 그 강가에 두꺼비 모양을 한 바위가 있는데, 그 모습을 따서 지었다는 설명이다.

이식(李植, 1584~1647)은 울암사(鬱巖寺)로 유람 와서 노닐다가 열두 수의 시를 짓는다. 그 중의 하나가 호석(虎石)이다.

물살 깊은 곳엔 표범 같은 바윗돌 灘深石如豹
야트막한 여울엔 호랑이 모양 바위 灘淺石如虎
잔물결 일렁이듯 얼룩덜룩 이끼 같아 輕浪漾苔斑
자라와 악어도 겁먹고 건너지 못하네 黿鼉疑不渡

울암사터에서 길을 따라 계속 걸으면 길은 강이 내려다보이는 곳에서 끝난다. 넓은 공터는 오솔길로 강과 연결된다. 강으로 내려가면 완전히 다른 세상이 펼쳐진다. 바위와 소나무는 자연스럽게 어울리며 동양화 한 폭을 그리고, 여울 속 솟아 오른 바위들은 태산준령의 형상이다. 아니 머리와 등이 약간 보이는 악어 같기도 하고 하마 같기도 하다. 돌고래가 떼를 지어 헤엄치는 듯하다. 아니 두꺼비 같기도 하다. 건너편 바위산은 또 어떤가.

택당 선생이 노래한 호랑이 바위는 오랜 세월 고고하게 이곳을 지켜온 소나무와 함께 앉아 있다. 바위 표면은 얼룩덜룩 호랑이 무늬 같다. 호랑이의 위엄에 자라와 악어는 겁을 먹고 물속에서 이쪽으로 나오지 못하고 있는 형상이 아닌가. 아마도 선인들은 이 일대를 보고 섬강이라고 지은 것 같다.

문막 호암에서 62x33cm

참/ 여/ 작/ 가/

강선주

동덕여자대학교 예술대학 회화과 졸업
한국미협. 춘천미협 회원
2005 1회 개인전(갤러리 소나무)
2008 2회 개인전(춘천 미술관)
2013 3회 개인전(춘천문화원 금병 전시실)
1997, 2009 이광택, 강선주 부부전 2회
그룹전 70여회

Kkang1007@naver.com
춘천시 동면 하일길 189-8 / H.P 010-8791-4226

김대영

서울대학교 미술대학 회화과(서양화 전공) 졸업
동국대학교 교육대학원 졸업
1955-2005 신구대학, 대진대학교 서울과학기술대학교 출강
현) 강원대학교, 선화예고 강사, 한강 살가지 전시 운영위원장
2015 평창 비엔날레 운영위원, 2015 나혜석 미술대전 운영위원

2001 개인전 (예술의전당)
2006 개인전(가산화랑)
2007 개인전(춘천미술관)
2011 개인전(공 아트스페이스)
2013 개인전(M갤러리)
2015 개인전(안젤리코 갤러리)

kdy5139@hanmail.net
춘천시 교동길 2 2F / H.P 010-2305-5139

김준철

개인전 3회
한국일러스트레이터 학교
아르숲 입주작가 2기 · 3기
그림책 일러스트레이터
제1회 평창비엔날레
현) 민족미술인협회 강원지회 회원
그림책 〈꿈틀〉
그린 그림책 〈메기의 꿈〉, 〈꼬리달린 두꺼비 껌벅이〉

jjunssea@naver.com
춘천시 후석로 석사아파트 205-101 / H.P 010-9079-2025

길종갑

화천미술인회 회장 역임. 강원민족미술인협회장
화천문화상(2007)
단체전 다수_동학혁명120주년 기념전
평화미술제 - 오월에 답하다 / 강원미술시장축제 강원경남교류전 / 세월호 추모전 '망각에 저항하기'
2009 개인전(스페이스공)
2011 개인전(인사아트센터)
2015 '세개의 시선, 곡운구곡을 거닐다' (춘천문화원 · 화천갤러리)

H.P 010-2057-7184

김인순

2000 1회 개인전(춘천미술관)
2011 2회 개인전-강원민족미술인상 수상작가 초대전(갤러리 소나무)
2014 강원미술한마당-부스전
2007-2014 강원민족미술인협회전(춘천문화예술회관 원주 한지테마파크)
2011-2015 강원미술시장축제(춘천문화원 금병전시실, 춘천문화예술회관)
2014 춘천, 창원 교류전(창원문화예술회관, 춘천미술관)
2015 평창비엔날레 특별전(평창, 춘천 외)

minjoo923@hanmail.net
춘천시 시청길 11 창호빌딩 5F / H.P 010-5368-0500

민선주

2013년에 개인전 1회 "이렇게 못 생긴 산수화는 처음 봤네"

심리학을 전공했으며 지금은 자꾸 산으로 들로 숲속으로 가고 싶어 7년째 도시락 싸들고 종이와 먹을 둘러메고, 일주일에 두 번 그림 그리며 다니고 있다.

ksm6531@hanmail.net
춘천시 퇴계로 168 201동 1603호 / H.P 010-3338-1515

박명옥

2008 김유정 추모전
2008-2013 금강에 살어리랏다, 강원・춘천민족 미술인 협회전 / 생활의 발견 공예전 / 오래된 풍경전 / 강원 미술 시장축제 / 강원 미술 난장 / 가을에 만나다 / 강원 미술 한마당 / 내 앞에 서다 외 다수
2011-2014 해밀회원전
2012 몽골교류전
2012-2013 보내고전
2015 강원 미술 한마당 부스전 / 평창 GIAX FAIR

ehwkrl2010@naver.com
춘천시 사농동 현대아파트 106-903 / H.P 010-9229-1621

박미란

단국대 동양화 / 강원대 미술학과 대학원 卒
개인전 9회
2014, 2015 강원미술한마당 부스전
2014 창춘교류전 개인부스전 /원주 한지를 느끼다, 서울 경인 미술관 / "나는 우리다"서울시립미술관 경희궁분관
2015 한국여성작가회 제주초청전, 조선일보 미술관 정기전 수자원공사 횡성호갤러리 초대개인전 등등 그 외 단체전 다수
현) 상지영서대 평생교육원 한국화(진채)강사, 한국화 여성작가회, 대한민국 누드미술협회, 강원민족미술인협회, 단묵회, 여백회, 남양주미술협회, 초설회 회원

원주시 우산로 43 (3층) 예술공간-터 / H.P 010-6481-5182

박은경

1997, 2013, 2014 3회 개인전
2013, 2014 4회 부스전
50여회 단체전 기획전

laskill2@naver.com
춘천시 후석로 326번길 31 현대3차 301-1504
H.P 010-9010-7851

서범구

개인전 5회, 2인전, 4인전 / 강원도, 돗토리현 교류미술전-일본 돗토리현 / 환태평양 4개국 교류전-중국 길림성 / 겸재와 앗제가 만나다(소나무 갤러리) / 강원아트페어(원주 치악문화예술회관) / 길-걷다전(춘천미술관, 춘천kbs 등) / 여백전(강원현대한국화회전 회원)
강원미술상 수상 / 기타 단체전 200여회 출품
홍천여중 수석교사

seoguart@hanmail.net
춘천시 동면 삭주로 231 두산위브 아파트 103동 903호
H.P 010-6377-8705

서숙희

2005 개인전 - 집 앞 백미터 전(춘천미술관)
2008 개인전 - 사라지는 것들 (갤러리 스페이스 공)
2009 Old Friends전 (갤러리 스페이스 공)
2010 삼경 - 백윤기 서숙희 신대엽 2010 조각 한국화 작품전 (갤러리 스페이스 공)
2011 개인전 - 가까이 있는 나무들 (목인갤러리)
2012 김시습의 춘천십경전 (갤러리소나무)
2014 강원미술한마당 부스전 / 2015 사이전 (갤러리4F)
2015 포스트박수근전

www.painters.co.kr / idam2ne@gmail.com
춘천시 서면 방동 1리 장평길 2-19 / H.P 010-2049-3078

신대엽

2011 개인전 - 꽃과 새들의 초상(목인갤러리 10.5~10.11)
2010 삼경 - 백윤기 서숙희 신대엽 2010 조각 한국화 작품전(갤러리 스페이스공 10.9~10.17)
2009 Old Friends전(갤러리 스페이스공 7.11~7.17)
2008 개인전(갤러리 스페이스공 10.25~11.7)
2005 개인전(춘천미술관 11.26~12.2)
2003 개인전(춘천미술관 11.29~12.5)

iloim@naver.com
춘천시 서면 장평길 2-19 / H.P 010-2049-3078

신승복

강릉대 미술학과 졸업
개인전/ 단체전 다수

춘천시 효평길 64(평묵헌) / H.P 010-8760-5186

이광택

서울대학교 미술대학 회화과 졸업
중국 사천 미술학원 유화과 대학원 졸업
2015-25회 개인전(담 갤러리) / COAF(횡성 웰리힐리 리조트) /
평창 비엔날레 특별전(알펜시아 춘천, 속초)
2014-24회 개인전 '내 사랑 김유정'(김유정 문학촌)
한강살가지전(춘천 KBS, 구리시, 월정사)
2014 한시를 품다(갤러리 안젤리코)

kkang1007@naver.com
춘천시 동면 하일길 189-8 / H.P 010-2288-4226

이해일

원주시민 작가 초대전 4회 / 사이판 한인 초대전 / 양평 들꽃 수목원전
해밀전 4회 / 보내고전 1회 / 2013~2015 강원미술시장축제, 협회전,
강원미술한마당 부스전 외 다수
2014 한시를 품다 / 2015 평창 GIAX FAIR

abun11@hanmail.net
춘천시 퇴계동 퇴계 이안아파트 108-401 / H.P 010-9650-3212

안종중

2000 강원일보 창간 55주년 기념 초대전
2004 瑞木畵廊 개관1주년 기념 초대전
2006 세방아트센타 개관기념 초대전
2010 아코자갤러리 기획초대 'Fine Day'
2011 갤러리 나무물고기 기획 초대 개인전
2012 안종중 개인전 'FINE DAY'
2015 시백 안종중 古稀展-春老三戲
대한민국 현대서예문인화협회이사장 역임 / 대한민국 전각학회 이사
근역서가회 회장 / 강원도 서예가협회 창립회원
강원미술대전 자문위원

이상근

2013 개인전 춘천미술관
2014 부스전 강원미술한마당 춘천문화예술회관
2012~2013 extraordinary(미술시장축제) 춘천문화예술회관
2013 내앞에서다전 세종문화회관 전시실
2014 창원 춘천 민미협교류전 창원 성산아트홀
2015 일곱명의 또 다른 풍경전(갤러리이즈, 인사동)
2015 일곱명이 들려주는 따뜻한 풍경-홍천미술관 초대전
2015 GIAX FAIR-용평리조트 타워콘도
강원미술대전 특선3회 입선2회 / 신사임당미술대전 특선1회 입선2회
현) 강원민족미술인협회회원 새벽전회원

sg03331@naver.com
춘천시 공지로 153 / H.P 010-5367-6911

임영옥

서울여자대학교 미술대학 서양화과 졸업
개인전 2014 "캠프페이지가 떠난 춘천의 색채"(춘천문화원)
단체전-그룹전 2009~2011 춘천의 오래된 풍경전
2009~2010 춘천의 인물전
2011 평화미술제 / 보내고전 / 강원미술난장 / 김시습의 춘천 십경전
2012 가을에 만나다전 / 2013 오늘전
협회전 2009~2014 강원민족 미술인협회전 / 춘천민족미술인협회전 /
강원미술시장축제 외 다수

artlyo@hanmail.net
춘천시 가연길 5번길 55 / H.P 010-9343-8605

조임옥

동국대 예술대학 미술학과 졸업
개인전 2회
강원미술 축제전
세계 잼버리 기념전
코리아아트페스티발
생명미술제
심우도전
다수의 단체전 참가

춘천시 신북읍 맥국길 580-3 / H.P 010-7370-8102

최선아

2015 평창비엔날레 GIAX FAIR
2012~2015 강원미술한마당(부스전)
강원미술시장축제
그외 단체전
강원미술대전 특선, 입선

sea@naver.com
춘천시 마장길 58 사농동 롯데캐슬104동 1207호 / H.P 010-8549-5984